不老騎士

Go Grandriders

那些歲月帶不走的夢想與勇氣

【作者】

阮怡瑜

【統籌製作】

弘道老人福利基金會

高寶書版集團

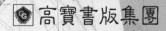

追求夢想時，你會忘記自己幾歲。

不老騎士團長 賴清炎二○○七年

三〇世代激發八〇世代不老夢想潮

—弘道老人福利基金會董事長／光田綜合醫院院長 王乃弘

出發前董事長與藝人李佳豫為爺爺奶奶加油。

「你好大膽，怎麼敢讓基金會辦不老騎士活動？」這是我常被問到的問題。

行醫四十年來，我深深的感受到「醫術」不是延緩老化的萬靈丹，「醫院」更不是老人的終點。面對不可逆的年齡與老化，唯一可以改變的是不老的心態與夢想。所以當三〇世代的林依瑩執行長跟我報告，要為八〇世代老人辦不騎士活動時，心想如果身為老人公益團體，都不願挺身而出幫助老人重塑形象，那還有誰願意？所以，我不僅雙手贊成，面對質疑的聲浪，更以醫師的立場支持與肯定活動對老年的幫助。

你知道嗎？弘道老人福利基金會的同仁平均年齡只有三十一歲，很多人一聽到，或是看到弘道同仁都會驚呼說：

「年輕人怎麼會有興趣投入老人工作？」我很慶幸台灣的高齡社會，有這一群年輕人，因為他們不僅用年輕人的創意與活力，帶動了八〇世代的不老夢想潮，「不老騎士」更大大改變了，社會工作相關科系學生畢業後，不想投入老人工作的景況，帶動了青年投入銀髮工作的浪潮。

「還好你當初支持了不老騎士活動。」這也是最多人回應我的一句話。

其實除了不老騎士活動帶動的不老夢想與不老精神外，我們更想讓社會大眾明白，老人的人生智慧與經歷，不單單是一部活歷史，更是社會無價的寶藏。像不老騎士們都歷經了第二次世界大戰與戰後復甦的年代，藉由他們的人生故事，不僅彷彿歷經了當年的不安與動盪，更從他們身上學習到了克服困境、為人生找出路、夫妻相處之道與永不放棄的人生智慧。

當你閱讀完這本書後，希望在你心中也種下了「不老」的種子，更歡迎你加入不老夢想家的行列，陪伴著身旁的長輩一圓不老的夢想，聆聽他們不老的人生經驗，一起創造溫馨、友善、樂活、不老的高齡世界！

人人可以是不老騎士

不老騎士之於我，有說不完的故事，道不盡的心情。

——弘道老人福利基金會執行長　林依瑩

二〇〇六年，我去中國及日本，看到類似的活動，腦海裡浮現出老人環台的想法。回來後，遇見八十七歲的賴清炎團長，他一聽到這樣的想法，很堅定的告訴我，一定要辦，因為老人都被社會放棄了，特別是八十歲以上的老人，大家都覺得只要乖乖待在家中就好，不要出來。若能帶老人環台走一回，就可以讓大家看見，他們仍然有用。於是，二〇〇七年，我們就帶著一群平均八十一歲的老人騎摩托車環台十三天，不但圓了他們巡禮台灣一圈的夢想，更用他們親身的行動，鼓勵無數老人，人生永遠有夢想，不要放棄自己。過程中，我們排除萬難拍了紀錄片，希望這不是一場活動而已，而是可以深度紀錄老人們在環台過程中的勇氣、毅力，讓不老騎士的精神永留傳。二〇〇八年，不老騎士紀錄短片完成了，如鴨子划水般，我們不斷地巡迴放映與分享，不斷地尋求機會，希望可以拍成電影，出版書籍，讓更多人看見，也讓更多人相信老人不是問題，而是台灣的珍寶。

不老騎士，是一群再平凡不過的老人！他們高齡、有慢性疾病、有獨居老人、也有子孫滿堂，正因為我們提供了他們機會環島，擔任鼓勵老人的公益大使，讓他們有機會細細述說他們的人生歷程。「每位不老騎士都在平凡中見偉大，特別他們從戰亂、貧窮的大時代走來，每個故事都深刻動人。我常想若是另一批不老騎士，會發展出不一樣的故事嗎？我想這是一定的，每個人都是獨立的個體，故事一定會不同，但他們奮鬥的歷程，都同樣能夠激勵人，同樣會對社會做出巨大貢獻。所以，若是我們願意提供我們周遭老人一個機會，伸出雙手帶他們走出來，相信每個阿公阿嬤都可以是不老騎士。

林依瑩和賴清炎的夢想對談，激盪出不老騎士的偉大夢想。

目錄

目錄

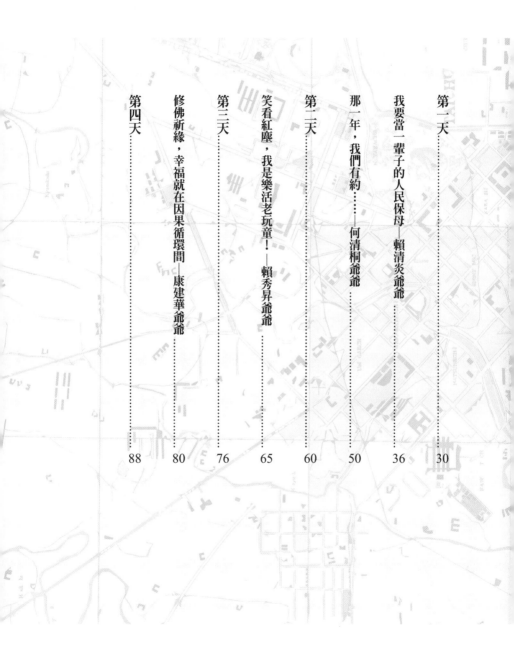

目錄

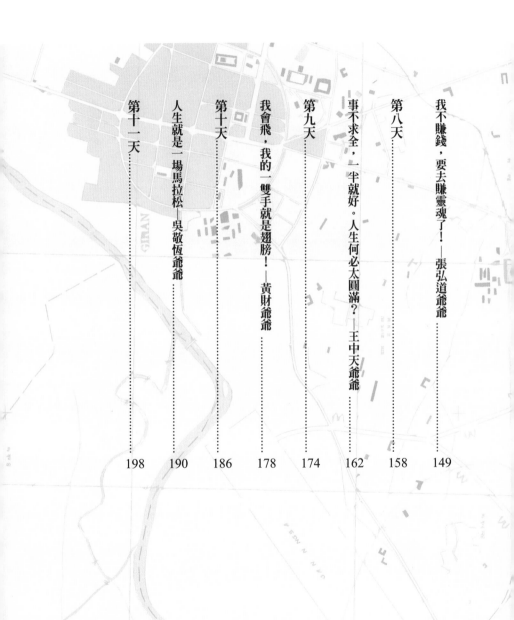

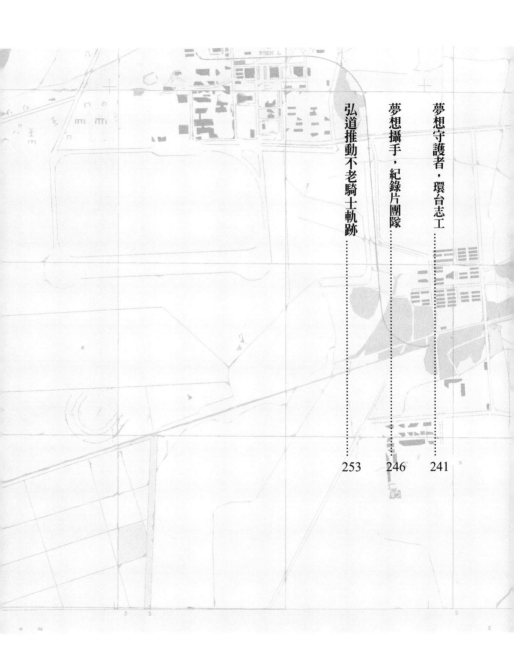

夢想對談

林依瑩：「會長，我們帶老人家去環島，好不好？」
賴清炎：「好啊！就是要帶老人家出去，讓人家看我們老人不是無路用!!」
林依瑩：「那要用什麼方式帶老人環島卡好呢？」
賴清炎：「騎歐兜邁！沒錯！老人膝蓋沒法度騎鐵馬，所以咱們帶老人家來去騎歐兜邁環島吧！」

一段偉大的公益追夢之旅，於焉誕生……

緣起

知名作家九把刀曾說：「說出來會被嘲笑的夢想，才有實現的價值！」當三十四歲的林依瑩碰上八十七歲的賴清炎，一個不怕被笑，一個勇於追夢，相差五十歲的他們共譜一段動人夢想：帶著不老騎士環島去！

為了尋找臺灣高齡社會新契機，擔任弘道老人福利基金會執行長的林依瑩，在二〇〇六年下半年接連參訪中國與日本的老人經驗。在中國，她看到為籌募希望小學而舉辦的「為愛長征」活動中，一位七十一歲的阿嬤以三〇五天的時間走完八千里路；而她在日本也看見NCLA團體為證明老人不老，而發起長者走千里路活動，過程中，她發現參加活動的阿公阿嬤都充滿了活力，雙眼全都散發著亮眼光采。

於是她想，臺灣只有一千公里，那臺灣老人可以做什麼證明不老呢？又能不能做到呢？一個在當時會被恥笑「太瘋狂」的想法緩緩在她腦中規劃，直到她遇到同為老盟理事的賴清炎，夢想終於成型！

在一次老人相關會議後的閒聊，賴清炎感嘆的告訴林依瑩：「人活到八十歲後，就好像被社會拋棄。搭公車被嫌棄、歧視；旅遊就算有人陪了，旅遊團也不愛接；甚至連保險業務員看到老人家都閃得遠遠，好像連為自己生命保個險的機會都沒了。你們沒活到八十歲，不知道我們的感覺，只要給我們機會，我們可以做的事情其實很多！」

聽著賴清炎的感慨，林依瑩分享了在中國與日本所見後，問道：「我們帶老人家去環島，好不好？」賴清炎不假思索馬上脫口而出：「好！騎歐兜邁環島!!就是要帶老人出去，證明老人不是無路用！」蟄伏林依瑩腦海許久的念頭瞬間迸出火花，於是「不老騎士」，蠢蠢欲動！

一陣子後兩人再度碰面，賴清炎興奮的上前問她：「上次說的歐兜邁環島活動要開始辦了嗎？我已經揪了好幾位朋友要來參加！」

看見賴清炎雙眼中的希望與期待，雖然心中有許多不確定性，當下，林依瑩決定放手一搏，要幫老人實現「歐兜邁環島夢」，要讓老人親自證明不老，來鼓舞更多老人，更要徹底改變國人對老的負面印象。她知道實現這個夢想要冒很多的風險、需要很大的勇氣，但她知道，這一切都將值得！

不老騎士，GO！

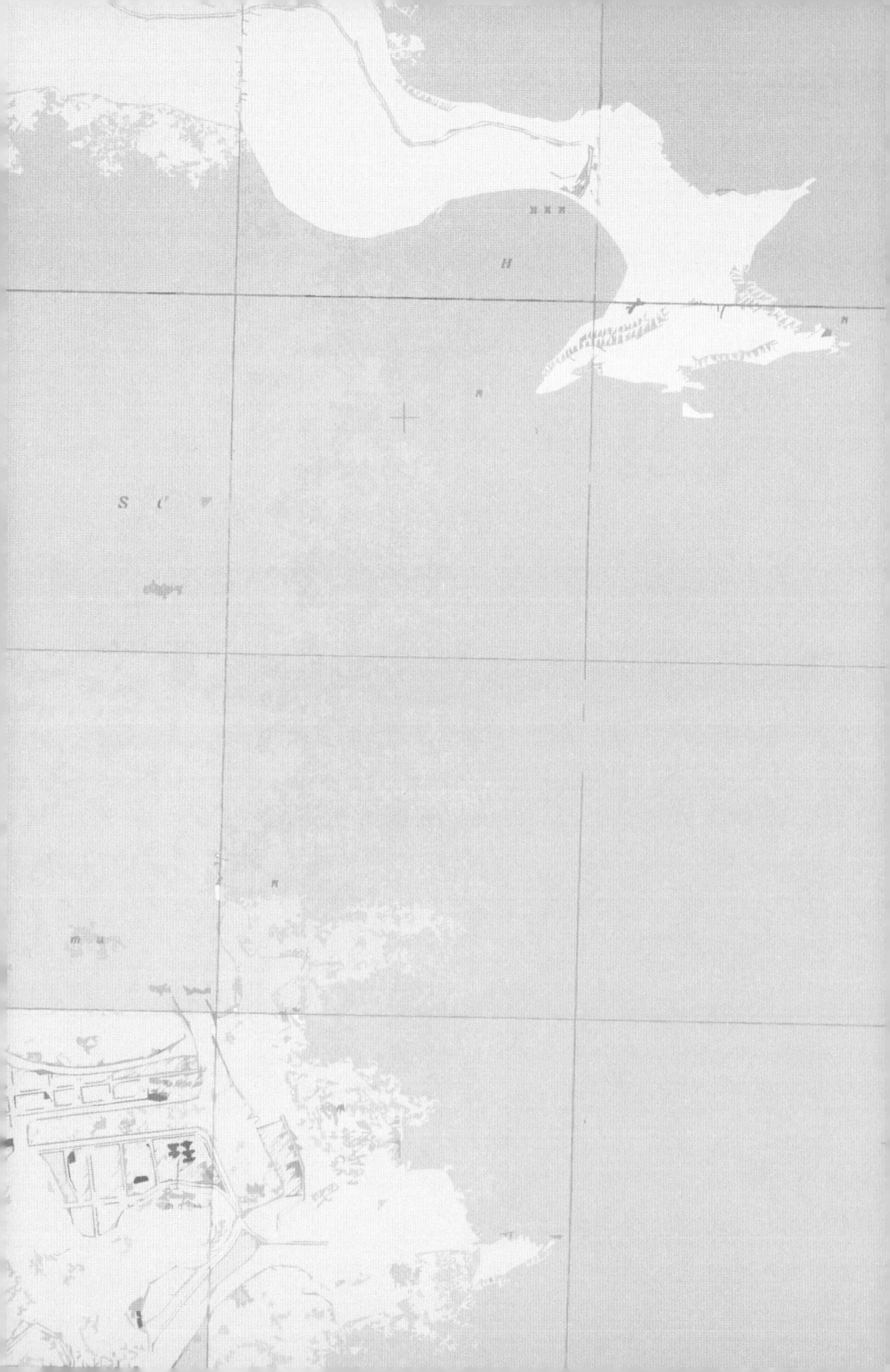

不老騎士
Go Grandriders
築夢歷程

三月

2007/03/25
【公布活動】

四月

二〇〇七年三月二十五日：

【公布活動記者會】

於台北耕莘文教會館舉辦記者會，公布「挑戰八十・超越千里～不老騎士歐兜邁環台日記」活動內容並招募不老騎士，年齡限制為七十歲以上者，預計錄取二十名。

二〇〇七年三月二十五日～四月二十五日：【報名期】

弘道老人福利基金會辦公室電話線被報名來電塞爆。

二〇〇七年四月二十五日：【健檢與選拔】

來自全國一百四十多位報名長者，需經過健檢、試騎、面談等選拔考驗，其中的健檢項目包括：聽力、視力、血壓、血糖、心電圖、胸腔X光、平衡感及家醫科醫師會診。為了展現好體能以爭取入選，還有爺爺當場做起伏地挺身。

健檢結果，第一個被淘汰的竟然是催生這次活動的賴清炎爺爺，他本身有痛風、胃出血、大腸癌，且深受血紅素不足的困擾。但他最後成功說服基金會，將機會留給八十歲以上的人。因此，選拔標準最後定調：八十歲以上通通錄取，並由年紀最長的開始往下錄取起，且提供兩位婦女保障名額。

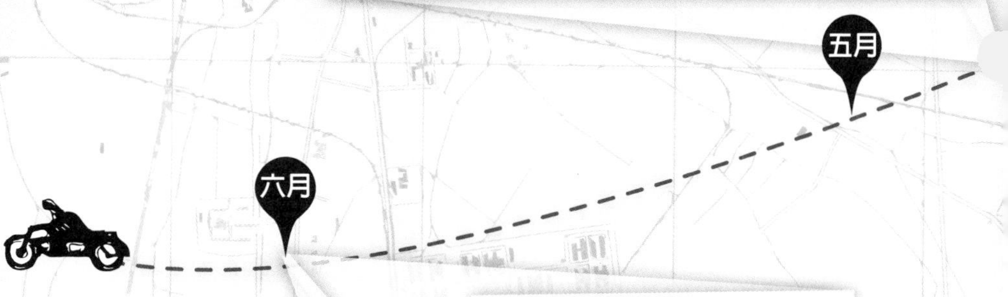

二〇〇七年六月：

【寄出錄取通知單。首度場勘路線。】

執行長林依瑩帶著賴清炎與其他友人進行試騎，從中發掘高齡長者長時間騎機車可能面臨的問題。最後發現老人家看到紅燈再到煞車需要多一些反應時間，因此規劃出安全車距，並設定平均時速為四十公里，每二十公里需要有休息點活絡筋骨與上洗手間。

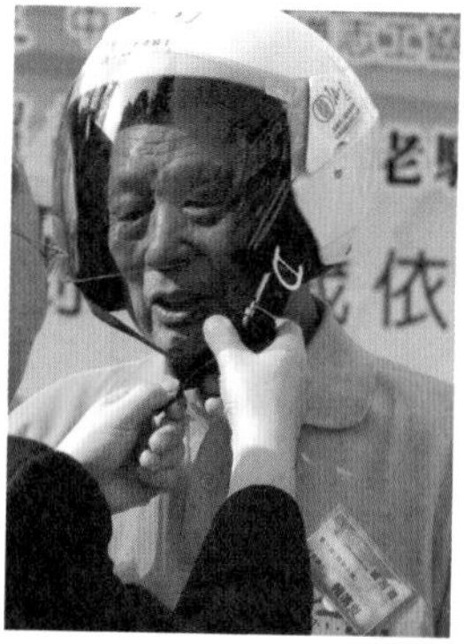

二〇〇七年七月～八月：【不老騎士培訓】

每週一次培訓課程，主要進行平衡訓練及團體默契培養，課程中，大家選出賴清炎擔任團長。

九月

八月

七月

二〇〇七年九月：【二度場勘路線】

確認環台的每日行程、休息站以及沿途關心鼓舞的安養機構與老人團體。

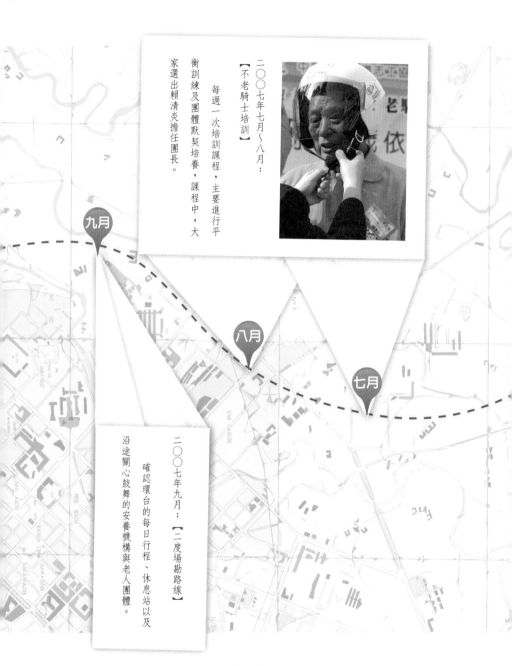

二〇〇七年十月：

【最後關卡～考照、護士到位】

沒有重型機車駕照的人把握黃金時刻進行考照；隨隊護士陳秋玲到位。集結眾人愛心與各縣市警察協助而成的不老騎士公益之旅，絕不可違規「無照上路」。因此錄取之初基金會即告知不老騎士，必須有一般重型機車駕照，才能出發上路，最後有三位考上駕照，二位未能考取駕照。

二〇〇七年十月十九日：

【不老騎士車隊試騎】

在完成車隊行進、交管配合及陪騎志工動線規劃後，從台中市政府騎到彰化縣，確認車隊行進方式是否需再改善。

二〇〇七年十一月十三～十一月二十五：【啓程】

十七位平均八十一歲不老騎士，環島圓夢去！

不老騎士

Go Grandriders

不老騎士養成班

騎機車最需要的是什麼？平衡感！

對年輕人而言，這是易如反掌之事！但對身體機能逐漸退化的長者，如何幫助他們的身體重新找回穩定的平衡感，是環島之旅出發前最重要的課題。

於是在不老騎士名單出爐後，弘道老人福利基金會緊接著展開每星期一次的訓練課程，所有成員無論住得遠近，沒人缺過半次課。課程中，這群滿腔熱血的爺爺奶奶們跟著物理治療師進行平衡感訓練，走直線、上下樓梯、金雞獨立、頭頂書本、扭腰擺臀，以各種方式來強化平衡感。

此外，考量長時間騎機車可能造成身體各部位疲勞，物理治療師也教了簡單的手腕按摩與肩頸紓壓操，大家專注、認真地學習著。

課程外，不老騎士們也各自進行體能加強訓練，朱妙貴爺爺每天清晨四點起床去爬山，賴秀昇爺爺到公園打拳，李達基爺爺到校園走操場，譚德玉爺爺靠著健走練體力，張弘道爺爺天天去游泳……

除了體能訓練，向心力與團隊默契培養也是重點課程之一。課堂上，不老騎士們分享著自己的生活經驗、日常興趣與人生故事，王中天爺爺與吳敬恆爺爺秀上一手擅長的書法字，自創健康操的黃媽存爺爺也當場來個高難度的壓地動作，張陳映美奶奶分享抗癌歷程……

隨著課程的進行，大家逐漸建立夥伴情感與團隊意識，最後，還選出賴清炎爺爺擔任團長，甚

中天爺爺：兄弟們，跟著我一起唸，第一條……

至還自行列出十三條班規，親愛精誠，互相關懷。逗趣又生活化的「班規」也展現不老騎士們天真的一面。

歷經近半年的訓練，不老騎士們的身心都已做好出發準備。彷彿戰士們的槍已上膛，就等號角響起……

夥伴培養感情中

半年的不老騎士訓練，展現出爺爺奶奶們實踐夢想的動力。

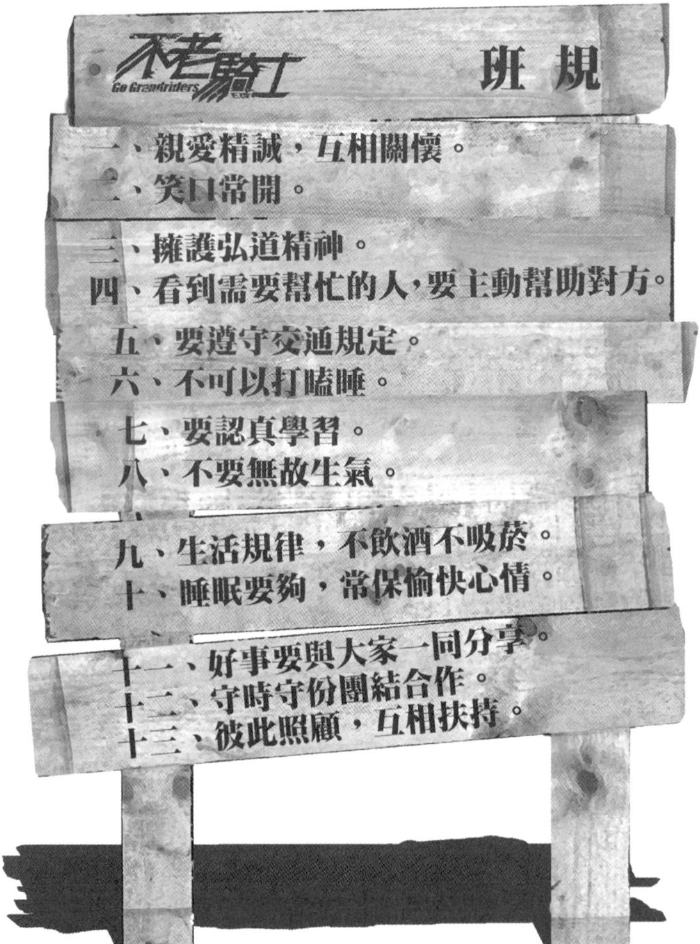
不老騎士 Go Grandriders
班規
一、親愛精誠，互相關懷。
二、笑口常開。
三、擁護弘道精神。
四、看到需要幫忙的人，要主動幫助對方。
五、要遵守交通規定。
六、不可以打瞌睡。
七、要認真學習。
八、不要無故生氣。
九、生活規律，不飲酒不吸菸。
十、睡眠要夠，常保愉快心情。
十一、好事要與大家一同分享。
十二、守時守份團結合作。
十三、彼此照顧，互相扶持。

不老騎士

Go Grandriders

歐兜邁環台日記

第一天（二〇〇七／十一／十三）

追夢軌跡　台中市政府廣場→台中縣烏日鄉「成功火車站」→彰化縣政府→彰化縣北斗鎮「欣和護理中心」→雲林縣莿桐鄉「莿桐國小」→雲林縣政府→雲林縣斗六市「華安大飯店」。

追夢里程數　七十五公里。（累計公里數：七十五公里）

歷經一年籌備及半年訓練，「挑戰八十、超越千里～不老騎士歐兜邁環台日記」之公益旅途在今天正式啟程。

十七位平均年齡高達八十一歲的爺爺奶奶們，將以十三天的時間，騎摩托車行經省道台一縣、南迴公路、花東縱谷、蘇花公路、北部濱海公路再回到台一線，返抵台中市，完成隱藏在他們心中數十年的環台青春夢。

他們也將帶上「不老圓夢卡」，蒐集各地長者的夢想，並用他們追夢不老的實際行動，鼓舞沿途經過的安養機構與老人團體，希望透過這次公益圓夢之旅，開啟台灣活躍老化新運動。

出發這一天，台中市政府前廣場擠滿了送行的家人、採訪媒體與出錢又出力的公益支持團

出發！就是現在！

第一天，揮舞活動大旗，準備出發。

體。」，團長賴清炎也代表全體不老騎士受贈「圓夢之鑰」，象徵啟動不老革命。

熱鬧氣氛中，也帶著一絲對未知旅程的緊張。

事實上，推動這次環台創舉的弘道老人福利基金會執行長林依瑩就曾笑著說：「完全憑藉著一股憨傻的勇氣，辦了這次活動。」勇氣背後，其實有著最周全與細膩的規劃。確保不老車隊的安全，除了設有前導車、陪騎志工、交通指揮志工、隨行護士、隨時可讓不老騎士上車休息的遊覽車，及載運摩托車的小貨車之外，也由環台醫療策略聯盟提供全國各縣市的醫療協助，每天都由一家盟院提供救護車隨行，貼心守護，讓不老騎士在環台旅程中無後顧之憂。

夢想隊伍熱血上路！

隊伍的第一個休息點，特別選擇停靠台中縣烏日鄉成功火車，象徵「活動成功」。然而，團長賴清炎身體卻已出現不適狀況，上了遊覽車休息，他告訴隨行護士：「沒事！」但他皺著眉頭、緊閉雙眼的虛弱模樣，任誰都看得出來，情況不妙，可是，強烈的責任心，讓賴清炎團長堅持就算無法加入騎車隊伍，也要坐在遊覽車上陪著大家：「我是帶隊的，不勇敢一點不行！」

讓人憂心的除了團長的身體狀況外，出發前，最被質疑與擔心的就是：「老人家的身體與精神狀況，是否可以承受長時間維持同一個姿態騎車？」

這個問題的潛在危險性，竟在出發短短幾小時就出現。午休過後，王中天爺爺就因打瞌睡而摔車。雖然只是輕微皮肉傷，卻嚇壞所有人，也讓所有工作人員對於老人家騎車時的精神狀況，再提高警覺，陪騎志工們連停紅綠燈，都不忘帶著不老騎士們甩甩手、搖搖頭，或是說個笑話提神一下。

但危機成了轉機。經過王中天爺爺這一摔，所有不老騎士們同樣也有了警覺，每個人都聚精會神，不容自己有一絲放鬆。

不老車隊行經彰化，第一個任務來了，前往護理之家鼓舞「老朋友」。

過了午後，車隊抵達彰化縣北斗鎮的護理之家，不老騎士們也展開旅途中第一個任務：透過「不老圓夢卡」種下圓夢的種子。

然而，護理之家裡，白髮奶奶看著手中的圓夢卡，淡淡一笑：「在這裡，都已住傻了，哪來的夢想？」行動不便的輪椅爺爺悲傷的流下遺憾的眼淚，吳敬恆爺爺拿出衛生紙，輕輕為他拭淚；賴秀昇爺爺也看了心疼，取下身上的不老騎士背條，幫輪椅爺爺掛上，語氣肯定的告訴他：「不哭！勇敢一點，你也可以是不老騎士！」

離開了護理之家，不老騎士們的臉龐上少了一絲輕鬆樂遊的笑容，卻多了分堅定與果斷的眼神，想起護理之家裡，「老」朋友們顫抖的手、微弱的心跳與茫然的眼神，騎士們清楚看見自己的「使命」並深刻了解，這不再只是一趟單純而個人的追夢之旅，而是一段尋回老人樂活生命力的公益之行！

這天的傍晚，隊伍行經彰化縣與雲林縣交界的西螺大橋，向晚的夕陽在濁水溪上，交織出一面金光閃閃的美麗圖畫，叫人看了醉心。然而，絢爛微光照映進遊覽車裡的卻是團長蒼白的臉孔。

出發首日的這一晚，團長終究因血紅素嚴重不足被送進雲林慈愛醫院。

一切，彷彿沒有想像中那麼順利，但是，沒有人打退堂鼓。不老騎士們交互打氣、按摩並交換各種對付「睡魔」與「倦魔」的撇步；工作團隊連夜進行檢討會議，不斷追求每個細節都要更完善。

大家都相信，明天會更好！

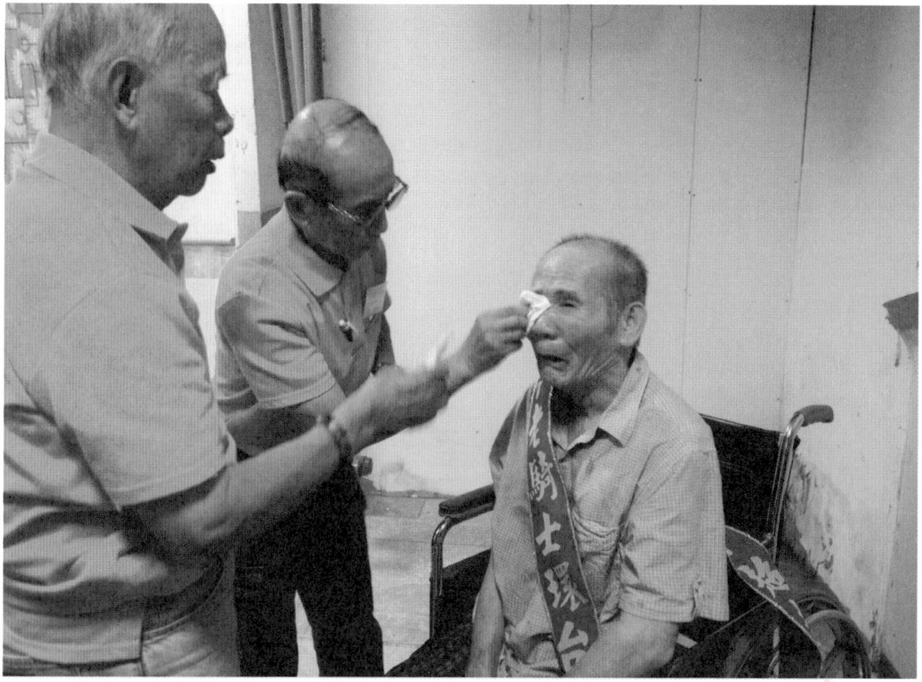

不老騎士的重要任務之一，幫助失去勇氣的老人們找找回樂活生命力。

我要當一輩子的人民保母

——**賴清炎爺爺**　生於民國十一年

（全文整理自：團長妻子賴劉玉雲、兒子賴定國、女兒賴秀樺 口述）

我的父親是賴清炎，他一生努力追求他最大的夢想，帶著一起環島的老夥伴們前進總統府，讓總統知道，老人家有多不快樂，老人家需要的是什麼？可惜父親在民國九十九年七月，離開了最愛的我們、最愛的老夥伴和最愛的土地……，而他的夢想，我相信將有更多人繼續接棒努力。

「逃跑」的警察大人

用「鐵漢柔情」來形容我的父親應該是再貼切不過了。

他一生走得坎坷、辛苦，但從不輕易放棄追尋自己的夢想，縱使與命運激烈的奮鬥著，也從未磨去他內心對人們溫柔的關懷，關懷妻兒、親友、每一個他接觸的人，和他一樣年邁的老人家們。

一直到了生命的最後，他心中想的、念的都還是老人家的事，進醫院要開刀，擔心的不是手術問題，而是會來不及出院參加一個與老人活動相關的會議；他在病床上與死神搏鬥到最後一刻，才無力的嘆口氣：「老天爺不讓我做了。」

父親民國十一年出生在苗栗縣通霄鎮的「張家」，但外曾祖母家男丁單傳，所以父親出養到外曾祖母家當養子，從此改姓「賴」。

出養的日子對父親而言，充滿了痛苦與辛苦。當時家中除了養父，就只有父親一個男孩子，所有吃力工作，全落在年幼的父親肩上，養父認為讀書沒有用，勉強讓父親唸到小學畢業後，就不肯讓他再升學，逼他天天下田工作。

父親曾經累到吐血，卻仍換不到一時半刻的休息。「那時候，常常連飯都沒得吃，只好跑去偷挖番薯，餓到那番薯上的土都沒清乾淨，就直接生吃，一不小心被發現了，還要一邊吃，一邊跑給人追……」這是父親生命中最慘淡的一段回憶，也是父親人生中第一次的「逃跑」，那是為了求生存、為求一口飯，不得已之下的「逃跑」。

父親的第二次「逃跑」是為了追求夢想。

年幼的父親知道，窩在窮鄉僻壤當農夫是不會有出息的，所以，當他與在日本讀書的「張家」胞兄聯絡上時，十六歲的小伙子不顧一切的丟下鋤頭，逃離灰暗的農作生活。這一跑，他漂洋過海抵達了遙遠的日本。

父親在日本投靠親生大哥，半工半讀，唸了二、三年的書才回到台灣。回台後，父親決定報考警察。日治時期警察的權力相當大，主要以日本人為主，台灣人當警察少之又少，所以當父親考上警察的消息傳回苗栗老家時，可說是「轟動武林、驚動萬教」，連那向來抱持「讀書無用論」的賴家養父，也沒有再追究父親逃跑的事，默默分享了他的榮耀。甚至數年後，父親罹患肺結核，重病在床，幾乎沒了命，當時就是賴家養父將他接回家裡照顧，這份恩情也化解了父親早年對養父的不諒解。

有趣的是，父親第三次想跑，不但沒跑成功，還被抓進了牢裡。

那已經是父親與母親結婚後的事了，當時，在板橋當警察的父親認識許多商人，他覺得做生意好像可以賺比較多錢，反之，他與當里幹事的母親每個月領的都是四十元死月薪，為了給家人好日子過，父親想棄警從商。

當時，台灣人可以當警察的機會很少，想棄警從商的人不但是稀有動物，更是對「崇高尊貴」的警察職位的一種「侮辱」，父親的辭職念頭根本不被允許。但父親執意想辭，想不到卻直接被丟進大牢裡，神氣的警察大人竟淪為階下囚，這下母親也慌了，天天跑去牢房探視，勸父親別再執拗，禁不起母親的淚水，父親也只好放棄辭警念頭。

父親雖然不辭了，但在警署長官心中，他的「忠誠度」已經大打折扣，不能再待在「繁華的首

戴上安全帽的清炎爺爺，整裝待發帶領不老騎士一起圓夢。

賴清炎在日治時代以台灣人身分當上警察，簡直就是全村的光榮

都」。因此，父親出獄後馬上收到調職令，要他包袱收一收，前往偏遠的宜蘭縣任職，從此也展開父親十多年東部警察的生涯。

看熱鬧，路人變新娘！

說起父親與母親的婚姻，還真是一場有趣的相逢！

父親當警察後，成了全村的驕傲，所以，當他要相親的消息傳出時，馬上成為全村最熱門的大事，大家都在討論，到底什麼樣的女孩能嫁給「警察大人」。父親相親當天，大家都跑去看熱鬧，母親也跟著外婆一起去湊熱鬧。

當天相親的結果，奶奶對女孩子並不滿意，散場後，回家路上，巧遇母親與外婆，奶奶與外婆早有認識，所以聊了起來，奶奶看著躲在外婆身後，閃著一雙慧黠大眼的母親，越看越喜歡，在得知母親曾在台北上過家政學校，會打算盤、會裁縫，有著一身好本領後，當場就訂了這門親事。

然而世事難料，奶奶選了她心目中的好媳婦，卻來不及為父親辦一場風光的婚禮就意外猝死，父親與母親依循傳統，趕在百日內完婚。

生長在熱鬧城鎮的母親，當年坐著轎子翻過一座又一座山頭，嫁給小山村裡「全村的光榮」

恐武威嚴的波麗士大人，其實有著最溫柔的一顆心。

後，但日子並沒有如童話故事般，王子公主從此過著幸福快樂又美滿的日子。

孩子陸續出生，父親卻因辭職事件，被調往窮鄉僻壤的東部地區，一路從宜蘭縣往南調到花蓮縣，再調往台東縣，五男三女，總共八個孩子，成為父母肩上沉重的擔子。還記得當時大姐為了幫忙照顧弟妹，常常要揹著小妹去上學，難以控制的小嬰兒難免在課堂上出狀況，大哭大鬧或大小便，讓老師每次看到姐姐揹著妹妹來上學，就忍不住要皺眉頭。

那是段辛苦的日子，卻有著我們全家一生最美好的回憶，母親總說：「在那裡，永遠有吃不完的麻糬，還有吃不完的魚。」那時候，白米是公家機關配給，除了白米之外，家裡常窮到沒有錢買菜，所以，青菜自己種，想吃魚，就跟著原住民們去抓魚；豐年季時，跟著原住民朋友們一起搗麻糬。

但隨著孩子陸續長大，小時候曾因為無法接受教育而逃家的父親，也開始思考我們的教育問題。最後，毅然決然捨棄升官機會，請調到台中市，繼續當個小警員，只為讓我們八個孩子脫離教育資源缺乏的東部地區，來到西部接受更多元與完善的教育環境。

舉家從貧困的東部搬到西部後，生活沒有因此改善，反而因為更龐大的教育費、生活費及更高的物價，讓家中經濟更雪上加霜，所幸還有公家配給的白米，讓我們倒也不至於挨餓，但沒了空地種青菜、沒了野溪可抓魚，我們只能天天醬油、茶油拌飯吃。

當時，警局一名長官帶著父親去參觀他家，這名長官指著家中狗兒的飯盆：「你看，我家小狗吃的東西，可能都比你們家吃得好！」無論該長官是出於好意的激將，或單純是惡意的羞辱，那句話卻狠狠刺激到父親，讓他決定展開「全家賺錢大作戰」。

其實所謂的賺錢作戰，就是全家一起動手編織棉製工作手套。當時，八個孩子每天放學回家第一件事不是寫功課，而是窩在客廳裡，完成五打手套才能去寫功課或玩耍，大家努力製好的手套，由父親利用假日，以腳踏車載著到各地去叫賣，在全家齊心努力之下，家境慢慢有了好轉。

賴清炎(左一)透過社區老人會活動，帶領老人家們關上電視，走出户外，享受生命的美好。

一碗粥的溫柔

走過大時代的變遷，當了大半輩子的警察、總是勇敢追夢的父親是個「硬漢」，但剛毅外表之下，卻有著一顆溫柔菩薩心。

父親還在東部服務時，有一名大學生，每天清晨送報紙到派出所後，總是會向父親要一大杯水喝，父親覺得很奇怪，就算是送報送到口渴，也不該「狼吞虎嚥」地喝下那一杯水，彷彿那裡面裝的不是水，而是一杯甜美無比的果汁。

觀察一陣子，再加上幾次的旁敲側擊後，父親發現這名學生家境很差，為了念書而半工半讀，每天一早就出門送報，卻沒錢吃早餐，只能餓著肚子工作，一直撐到派出所後，再要一杯水來「止飢」。

發現那杯水背後的辛苦與努力之後，父親心疼又感動，家裡雖然不富裕，但好歹有公家配給的白米，所以，讓母親每天早上多準備一碗粥。

從此，派出所櫃台上，每天一大早就會放上一杯水、一碗粥，那是父親的心意與守護。我從沒見過那名送報生，但我相信那一碗碗熱粥，不只溫飽了他的胃，一定也溫暖了他的心。

父親的一生就這樣用心守護著每一個相遇的人們。六十歲那年退休後，褪下警察制服的他沒有離開服務、守護了二、三十年的社區，他心中念茲在茲的是那些寂靜無聲地將自己「囚禁」起來的「老」友們。

父親因為擔任警察工作，常需要訪查轄區住戶，過程中，他發現有許多老人家因為生理機能退化，行動越來越不方便，心態上也開始自我放棄，結果，退休後的他們每天只能窩在家中「陪電視」。

「你每天吃飽後，都在等啥？」

「等老天爺來接我！」

這是父親每次談到創辦老人會初衷時，最常提到的一段對話，當時那位老人家的話深深衝擊著父親。於是，他以社區廟宇為聚點開始籌組老人會，為社區老人打造休閒空間，帶著老人家們展開一連串活動，唱歌、下棋、打槌球，他要帶老人家重新找回「生活」。

退休的父親變得更忙碌，但以前的單人行，卻變成甜蜜雙人行，他與母親兩人常常一大早就共乘一部機車出門，一起忙碌、一起玩樂；老人會的規模越來越大，人數最後竟高達上百人，幾乎是中部地區最大規模的社區老人會。

父親全心投入老人會活動，不但帶著槌球隊南征北討，自己甚至還取得國際槌球比賽的裁判資格，我相信對父親而言，那是一段充實、風光、驕傲又快樂的歲月。但父親沒有因此自滿，隨著年紀漸長、接觸越多，父親那一雙溫柔的眼睛裡，卻看見了更多台灣社會的老人問題。

不老騎士環島去

父親在二〇〇七年參與「不老騎士」環島活動，雖然，父親在出發前，胃潰瘍復發，但強忍著身體不適，堅持上路，結果第一天就因血紅素過低而住進醫院，休息一天後，他又趕到高雄與團員們會合；想不到，車隊前進至台東後，父親身體再度亮紅燈，他只能黯然搭機返回台中的光田綜合醫院就醫，住院期間，他天天掛著「不老騎士團長」的背條吵著要出院；四天後，他終於再度啟程，前往基隆與不老騎士們會合，並陪著大家成功抵達終點，完成這趟國內「超資深」摩托車隊的環島壯舉。

環島之旅的成功，讓父親發現「就算八十歲，還是可以勇敢追夢」，因此除了老人會之外，觸角不斷延伸，接觸的活動與層面越來越廣，成了一個大忙人，父親精神上活力十足，但他的身體卻慢慢地跟不上他不斷向前衝的靈魂。

精神不老，夢想待續……

父親早年曾罹患肺結核，肺部功能原本就不好，再加上胃潰瘍、血紅素不足、高血壓等問題，讓他身體越來越虛弱，民國九十八年間，他一度虛弱到連走路都沒力氣，只能坐在輪椅上或躺在病床上，那段期間，他只要一聽到我們要帶他出去玩，精神馬上都來了，我們擔心他硬撐，他卻說：「躺在那裡也是繼續生病，活動才是我的最佳良藥。」

民國九十九年不老騎士們聚會後探視身體微恙的團長

然而，父親奔放的靈魂，一直被困在病弱的軀體中，就算他有再堅強的毅力，也終於慢慢被消磨殆盡。那位曾經勇敢追夢、帶領老人家重新活出生命亮度的「硬漢」，第一次敗陣下來了，他的笑容慢慢減少，他開始失去夢想，開始感嘆人生已經沒有意義。

直到民國九十九年四月間，弘道老人福利基金會為不老騎士們在台中舉辦聚會，父親因病未前往參加，會後，老夥伴們相約到家裡探訪他。

父親生命中最後一次陽光也在那一刻到來！

看見老友，發現自己原來還存在老友們的心中，父親的心再次綻放。小小客廳裡，擠滿了七、八十歲的長者們，大家你一言、我一語的談天說地；突然間，大家靜默下來，聽著父親再次提出一個夢想：「我們來去總統府！我們去告訴總統，老人家需要什麼！」這個新夢想，立即獲得所有人的熱烈掌聲與認同。

父親重燃生命熱火，他興奮地不吃不睡，全心全意都在思考新夢想該如何落實，想法不斷冒出來，父親不斷思考、開始寫公文，過不了幾天身體就亮起紅燈，但全身已被追夢熱血給沸騰的他卻仍不自覺。等到撐不下去，被送進醫院時，已經來不及，他因為過度勞累，血紅素值竟然降到只剩四，遠遠低於正常男性的十三點五，最後，心臟再難以負荷……。

提出新夢想後三個月，父親離開了。

父親離開二個月後，在弘道老人福利基金會帶領下，我帶著母親，還有父親的老夥伴們前進總統府，與總統馬英九握了手、拍了照。

看著不老騎士們的開心笑顏，我緊緊握住母親枯瘦的手，那一雙曾經是父親緊緊握住的手，我心中還是有憾，我多希望父親可以親眼看到這一刻；但我的心中也充滿驕傲，我的父親，他一生為他所愛的、關心的人們努力奉獻直到最後一刻，他的精神刻印在每一個與他接觸過的人們心中，而那些人們也會一直持續努力著，有一天，台灣一定會成為一個對年長者更為友善的社會！

後記：

在不老騎士環台達陣的前一晚，弘道老人福利基金會舉辦了「不老騎士之夜」。晚會上，賴清炎團長一開口：「我們的夢想成真啦！」眼淚也隨之流下，那是喜極而泣的淚水，更是要扭轉老夥伴看待自己角度的淚水。

那晚，是個晴朗月圓的夜晚。站在月光下，賴清炎團長將手伸向天，用手掌的弧度，輕輕捧著一輪明月的弧度般開心的說：「真好，月娘還是像以前一樣高高掛在天上，圓圓的就像一切都很圓滿，真好！我七十幾歲的時後被診斷出有大腸癌，我就跟神明說，我的命是你給的，你讓我多活一天，我就為社會、為老人多做一天，做到你不給我做為止！」

被老天爺召回的團長，您放心，我們會接棒，繼續完成你的「打造老人快樂國」夢想！

那一年，我們有約……

——**何清桐爺爺** 生於民國十八年

一九八五年（民國七十四年），曾文水庫畔。

夕陽染紅了天，映照著水面形成一片金色汪洋，微風拂過樹稍，也拂亂何李甘的髮。她撥了撥被吹亂的髮，收回陶醉於美景的眼神，望向身邊的老伴，那一雙眼如火熱情，充滿著生命力，依偎在他身旁，何李甘內心只有滿滿的幸福。

已經數不清這是第幾次，阿桐伯載著她四處遊山玩水，甚至環島一圈也不喊累。

「桐呀，桐呀，不知道還能這樣讓你載幾次？」

阿桐伯笑了，他說：「我八十歲如果還沒死，還要再載妳環島！」

短短的一句承諾，溫暖了何李甘的心，卻也讓何清桐牽絆了二十年！

何李甘沒有料到，她在三年後，以五十八歲之齡因病辭世；但她更沒料到，當年那句承諾，阿桐伯從來沒有忘記。二十年後，阿桐伯帶著她的照片上路圓夢，堅貞誓言、鐵漢柔情的故事感動了無數台灣人。

要完成二十年前的承諾，阿桐伯帶著妻子的相片上路。

「一路上有妳，我不孤單！」

獻給妻子的旅行

出生於民國十八年的阿桐伯，生長於傳統農家，小學沒有畢業的他，白手起家，靠著一雙手在學生書包與制服領域，打拚出自己的一片天。結婚後，在妻子何李甘協助下，生意蒸蒸日上，一度成為台北地區風光的書包大王。

在那些為了「顧肚子」而打拚的歲月中，夫妻倆最大的休閒活動就是跳上馬力十足的打檔機車，上山下海、探尋美景去，兩人情感也在一次次的旅程中越加深厚濃烈。

因此，當牽手何李甘生病過世後，阿桐伯等於一下子失去事業上的夥伴、旅途上的玩伴以及牽手一輩子的老伴，很長一段時間都無法適應。他經常跑到墓園去打掃，對著看不見的妻子說話，有一次，甚至半夜睡不著也跑去「找老婆聊天」，還嚇壞剛好路過要回軍營的阿兵哥。

日子一天天過，阿桐伯把事業交給孩子們，但內心對妻子的思念卻從沒少過，他也一直細數著流逝的歲月，等著實現當年諾言—「我八十歲如果還沒死，還要再載你環島！」的那天到來。就在他準備好妻子的照片，並準備開始規劃摩托車環島之旅時，孩子們告訴他，弘道老人福利基金會要為老人家舉辦一場摩托車環島活動。

阿桐伯二話不說就報名，參加體檢那天，為了替自己爭取「加分」機會，連環島要騎的打檔摩托車都專程以貨車載運至台中會場，太太的照片更已被他細心的繫在摩托車儀表板前。開心載著「太太」前來的阿桐伯果然讓基金會人員印象深刻，最後，他的活力與熱誠讓他順利入選。

環島之旅出發前，阿桐伯到妻子的墓園上香，他告訴妻子，自己要出發環島去了，手執兩個銅板，擲茭問愛妻，要不要跟他一起去？

噹一聲，銅板落地，一面人像、一面字，聖筊。

阿桐伯望著妻子給他的「答案」，瞬間紅了眼，哽咽在喉：「你看，這就是某，這就是牽手，到死都一樣！」

一陣風捲起阿桐伯已花白稀疏的髮，風是暖的，彷彿是當年拂過何李甘的那陣風，此刻也暖暖的拂過阿桐伯的心，菅芒花搖曳間，他似乎看見那一年，夕陽下、水庫畔，妻子聽著他許下承諾時，綻放的美麗笑容。他朝著墓園點點頭：「我了解了……我了解了……」

跟隨弘道環島期間，阿桐伯將妻子的照片放在摩托車儀表板上，同時在摩托車後座綁上一個紙箱，他笑說：「當我騎累的時候，往後一靠，就好像當年靠在太太身上一樣！」

行程中，每當熱情民眾遞上鮮花致意，阿桐伯也總是小心翼翼的一朵朵插在妻子照片旁，他說：「她最喜歡花了，她生前我種了好多好多花……」

每到晚間，阿桐伯還要小心的將照片從車上取下，一起帶進房裡放著，他說：「她最怕黑了，有一天，我忘了把相片拿進來，那一晚我怎麼都睡不好，一定是她在對我發脾氣了。」

當不老騎士歷經十三天一千多公里的旅程，終於達陣圓夢時，阿桐伯露出欣慰的笑容，他說，這趟路是為了「沒在喘氣的牽手」而走：「這個債是我欠她的，無論如何都要還……」。

然而，故事，沒有因此劃下幸福句點！

環島之後，阿桐伯歡天喜地到妻子靈前擲筊，問她「開心嗎？」想不到，出發前，擲一次就獲聖筊，回來後，連擲多次都沒有筊，這下可讓阿桐伯傻了眼，他左思右想，不斷琢磨著妻子不開心的原因。

「一定是路線不對！」反覆思量後，阿桐伯想起早年與妻子環島都是走台十一線，但這次環島卻是走台九線，可能新的路線對妻子而言太陌生，所以妻子才會不開心。

癡情又重諾的阿桐伯為了那擲不到的筊，決定帶著愛妻照片再次上路，於是他在不老騎士摩托車環島後五個月再度出發，最後他以八天的時間完成一六〇九公里的環島之旅，雖然辛苦，他卻不再虧欠了。

阿桐伯與太太年輕合影

在妻子照片旁細心地插上美麗花兒，阿桐伯：「她生前最喜歡花了。」

追夢之旅・再出發

完成了對妻子的承諾，阿桐伯也重新愛上摩托車旅行，他決定為自己追逐一個新夢想，那就是走遍全台灣一千七百間派出所！

孩子問他：「為什麼是派出所？」阿桐伯給了個妙答，他說：「警政署長未必全部派出所都去過，如果我全都走過一次，不是比署長更風光？」

有了追夢新目標，阿桐伯隨即展開一連串前置作業，除了蒐集各地派出所資料並規劃路線外，還買來好幾本隨身小冊子準備收集每間派出所的戳印，他也決定為每間派出所都拍張照片，為此，還連續一星期跑去淡水拍夕陽，只為了練習拍照技巧。

緊接在二次環島之後，阿桐伯展開他的「派出所奇異之旅」，他每星期花個二、三天時間追夢，為了節省時間，離台北市比較遠的縣市，他就事先將摩托車寄過去，再搭客運或火車到當地，隨後領出摩托車，開始「巡」派出所。

一路上，他看過漂亮又華麗的派出所，也見過陋小破舊如倉庫的派出所；多數的警察們都熱情相待，甚至有人認出他是不老騎士，瞬間化身小粉絲，開心找他合照要簽名，但他也曾碰過冷若冰霜的警察，連派出所戳印都悍然拒絕幫忙蓋印，他只好先跳過，但他沒打算放棄，而是要找另外一個時間再來碰碰運氣。有趣的是，阿桐伯的「派出所奇異之旅」也在派出所間流傳開來，所以還有警察看到他興奮的說：「終於等到你來蓋章啦！」

蓋滿戳印、貼滿相片的紀念小冊一本換過一本，一步步旅行的痕跡都收藏在小冊子中，想不到民國九十九年十月間，他前往桃園縣大園鄉三菓派出所後，卻意外遺失其中兩本冊子，焦急的他在可能遺失的路段上來回數次不斷尋找，最後冊子終究沒有回到他手中，追求完美的阿桐伯也沒有氣餒，決定找時間將那兩本冊子裡的派出所再走一回。

阿桐伯「派出所奇異之旅」的步履在民國一〇〇年二月抵達台中市，二月二十七日下午五點五十分，他在台中市第三分局立德派出所蓋下戳印。

誰也料不到，追夢之旅將止於此……

人生最後一場旅程

追夢的熱血與阿桐伯對食物的慾望悄悄的成了反比，看著他越吃越少，一天比一天瘦，孩子們的眉頭也越來越皺，有一次，女兒將他拐到醫院，想逼他照胃鏡，向來討厭看醫生的阿桐伯當場翻臉，拂袖而去。

他的抗拒，孩子們不意外。早些年，他深受攝護腺肥大困擾，在孩子與醫生們好說歹勸之下，終於答應開刀，女婿在醫院陪他睡了一晚，想不到隔天一大早，阿桐伯還是偷偷溜掉了。他對醫院的抗拒，因為他希望自己有一天離開人世的時候，身體是「原裝」的。

但畢竟是血肉之軀，民國百年三月底，阿桐伯終究因為嚴重胃出血被送進醫院，經過檢查，醫生丟下一顆震撼彈：胃癌末期，只剩三個月。

阿桐伯冷靜的接受了事實，卻沒有認命。他拒絕開刀，選擇藥物治療，在最後的歲月中，他常常痛到搥床，嘴上卻是一句痛都不喊，他也拒絕安寧照護，總是說：「他要哭著來，笑著回去」；他也不輕易向死神低頭，他努力運動、努力吃，努力維持著生命力，頑強的與死神拔河。

人生最後一段路，他走的辛苦，心裡卻踏實，靠著意志力，他從死神手中多搶下一個月的生命，在獲知罹癌四個月後，阿桐伯在民國一〇〇七月二十四日離開人間，前往天堂去尋找他的水某了。

這一次，不用再擲筊，他可以親口告訴妻子：「對妳的承諾，我做到了。」

靠在機車後的紙箱，總有一瞬間，阿桐伯以為又靠上了妻子溫暖的身子。

小小冊子見證了「阿桐伯之派出所奇異之旅」

第二天（二〇〇七／十一／十四）

追夢軌跡　雲林縣政府→嘉義縣民雄鄉「表演藝術中心」→嘉義市基督教醫院→台南縣後壁鄉→台南縣官田鄉「官田養護中心」→台南縣永康市「麥當勞」→台南縣仁德鄉「台糖嘉年華購物中心」→台南市「亞柏飯店」。

追夢里程數　一一五公里。（累計公里數：一九〇公里）

摩托車環台活動第二天，乘著出發第一天的新奇與興奮，以及對未來旅程的滿心好奇與期待，不老騎士們精神抖擻的迎接第一個「破百」之日。這一天，他們從雲林縣政府出發，南經嘉義縣，再抵台南市，前後騎乘了一一三一公里。

雖然疲倦感悄悄襲上了每位不老騎士，不過當隊伍進入嘉義縣之後，縣政府為了讓車隊行進更順暢，特別安排高規格交通管制，每座紅綠燈下都守著一名控制燈號的警員，全線維持「綠燈」，「總統級」的接待讓不老騎士們又驚又喜，昂起頭、挺起腰，更加專注精神向前騎。

「綠燈之行」振奮不老騎士，卻讓工作人員們捏了把冷汗，因為擔心不老騎士們長期維持同個姿勢騎車，可能會恍神或腰酸背痛，所以每次停等紅燈的時間，可都是寶貴的「充電時間」，跟在騎士旁的志工們，都會立即提醒騎士們抖抖腳、晃晃手，轉轉脖子，伸展一下筋骨，或是藉機說個

笑話、唱個歌，讓騎士們重新打起精神，全線綠燈雖然很酷，但對不老騎士們的精神與體力其實是相當大的考驗。

不過，最後基金會白擔心了，因為「當總統」的感覺與驕傲之情，徹底擊退疲倦之魔，不老騎士們越騎越有勁！

第二天的行程裡，等待不老騎士們的驚喜持續登場，在嘉義縣民雄鄉「表演藝術中心」，弘道大林志工站的志工們帶來表演與按摩，為不老騎士加油打氣，七、八十歲的弘道大林站銀髮志工，更帶著關懷服務的獨居老人和不老騎士們相見歡。

而在台南縣永康市的「麥當勞」休息時，麥當勞阿姨不但請大家吃薯條，還教大家製作各種造型汽球。薯條加汽球，引發大家的玩心，頑皮的賴秀昇爺爺率先抄起手邊的「利劍」，刺向一旁的張陳映美奶奶，映美奶奶隨即展現俠女風範，一個擋身再一個回手，兩人拿著汽球做成的劍比畫了起來，刻著歲月痕跡的臉龐上，露出頑皮天真的微笑，帶著不老騎士們的心一起重回無憂的童年時光。

這天最大的驚喜則在傍晚登場。位於台南的「台糖嘉年華購物中心」，不僅號召幼稚園小朋友打鼓激勵不老騎士，晚餐過後更提供電子遊樂場的代幣，如「劉姥姥進大觀園」般，在這原本屬於年輕人的世界中，五彩炫爛的燈光映照出不老騎士一張張充滿驚訝與好奇的臉：「原來，這就是年輕人的玩意兒呀！」

一路綠燈行，使不老騎士獲得總統級待遇。

不老騎士遊樂場初體驗，張弘道爺爺說：原來孩子的遊戲這麼有趣！

原本有些害羞的不老騎士看著各式各樣新奇古怪的遊戲機，好奇心驅動著他們展開新世界大探險，從投籃機、桌上漂浮球、擊鼓、越野賽車……等，不但讓這群老爺爺、老奶奶們開了眼界，也開了玩心。

坐上機車賽車模擬機展開連線競賽，白天全都得乖乖照著安全時速騎車的不老騎士們，這下可都成了脫韁野馬，全都卯足了勁，展現飆車功力，有人全神貫注、有人跟著搖頭晃腦，一旁的加油團更是緊張又興奮的高喊加油，還不時在驚險轉彎處跟著尖聲大叫。

熱血沸騰的飆車大賽拿下第一名的竟是叼根牙籤，一派悠閒模樣的賴秀昇爺爺，他眉頭一揚，轉轉嘴中的牙籤，一付「這有啥難？」的神情，展現十足的調皮模樣，再次逗樂了大夥兒。

而這位心中住了個頑皮小男孩的「飆車冠軍」也在之後的旅程中，成了全隊的「孩子王」，笑聲總是跟著他一起出現。

笑看紅塵，我是樂活老玩童！

——賴秀昇爺爺　生於民國十三年

我是賴秀昇，有些朋友會開玩笑的叫我「賴皮」，但可不要誤會我是一個愛耍「賴」的人，我只是一個有點頑「皮」的人！我這輩子做過最瘋狂的事，除了八十四歲還湊熱鬧跑去騎車環島外；高中時，我曾經扮成女生誘抓日本兵來賺零用錢；我還曾經當過八個月的警察，負責「看守」一座很重要的紅綠燈，結果有一天，我竟然把老總統蔣中正的車隊給擋了下來……

那些年，我們一起色誘的兵

我和多數撤退來台的老兵一樣，生長在一個戰亂的年代，為求溫飽而從軍，從軍的起點是高中，當時日本人都打過來，書也沒辦法唸，只好跟著老師、同學們成了四處與日本軍打游擊的學生軍，可我們一群小兔崽子，連槍都還拿不穩，怎麼去跟日本兵拚命？我們決定智取，色誘日本兵！

要色誘可不是畫大濃妝，跑到日本兵面前去大拋媚眼就可以，要真這樣做，馬上就被當成可疑份子抓走，因此我們先經過一番觀察、然後再擬定計劃與戰略才進行。

色誘計劃能成功有三大重點，一是我們選擇夜晚下手，天色昏暗下，男扮女裝比較容易騙過日本兵；二是我們採取「欲擒故縱」策略，假裝一看到日本兵就很害怕；第三點則是「後有援兵，胸藏小刀」，有了充份的「武力佈署」才能達到最後的勝利！

於是在那些年，個頭嬌小的我，總是和另一位身材差不多的男同學，在夜晚分別戴上一條花色大頭巾，故意經過有日本兵巡邏或站崗的地方，然後假裝「突然」看見日本兵而嚇得「花容失色」想跑卻又跑不快的柔弱樣，這招果然把那些日本兵「招惹」得心花怒放，衝上來就直接強行抱住我要吃豆腐。

不過，日本兵的動作快，我那些在旁埋伏的同學動作更快，二、三個人拿著槍衝出來，抵住日本兵的背，我也從懷中掏出一把小刀，頂住日本兵的前胸，「腹背受敵」下，日本兵也只能乖乖投降，我們拿出繩子將他們五花大綁，帶回去交給軍隊，還可以換一筆獎金，回想當時，一個學期可以誘抓十幾個日本兵，當時的零用錢可都靠這些日本兵了。

你問我，難道都不怕誘抓失敗嗎？其實事後回想那段瘋狂歲月，還真是有些害怕，不過我想那時候真的太年輕，根本不懂「死亡」是什麼，所以什麼都不怕吧！

戰亂歲月中，離鄉背景跟著軍隊，一路撤退到海南島再到台灣，我還記得當年下了高雄港後，

頑皮又樂天的秀昇爺爺。

樂活頑童賴秀昇（左一）是隊伍間的孩子王。

就直接搭上一列運煤火車，北上到雲林縣斗南鎮，當時大夥兒全窩在車廂地板上，或坐或臥，沒一會兒時間就全染上一身黑煤，個個成了「黑炭人」，模樣實在逗趣，而我也就以那一身「黑人裝」在台灣展開了全新的軍旅生活。

軍隊到了台灣，生活比較安穩，我當時愛玩，一休假就跑出去玩，把錢全部花光光，一天混過一天，沒想過將來的事，直到與父親是老友的軍隊長官看不下去，將我拉拔起來當班長，希望讓我磨練得成熟穩重些。

當班長，在軍中位階不高，但還真是個為難的苦差事，帶的兵什麼樣都有，要使他們服從，真是一門大學問！我記得有一次帶的班兵好幾個是流氓、角頭老大，大夥兒互看不順眼，有一天晚上竟相約溜出營區去打架，打到快天亮才回營，我知道後，也不動聲色，將他們全叫到操場上。

我告訴他們，昨天晚上打的架沒有裁判，怎麼分輸贏？我現在就當裁判，大家繼續打，打到我判定輸贏為止。結果，這些班兵們已經一夜沒睡，這下又頂著大太陽繼續互毆，沒幾下子，就全都累得癱倒在地，直喊投降、以後不敢了。

經過那次經驗後，我也學了一招，專找那些帶頭的「老大」操練，跑步、臥倒、爬竿樣樣來，「老大」們累到沒力氣搞怪，其他小兵就好帶多了。

報告總統，我眞的不是故意的

軍隊生活雖然安穩，樂趣也不少，但就是少了點自由，多了些紀律，跟我愛玩、愛自由的個性實在合不來，所以我在民國四十三年申請退役，之後也不知哪根筋不對，跑去報考警察，考上後，被派往陽明山下一處路口管控交通號誌，聽起來似乎是再簡單不過的小差事，但是我管的可是一座非常重要的紅綠燈！

那時候，老總統蔣中正還在位，我管控的那個路口是老總統每天上、下班必經之路，我最重要的工作就是隨時注意總統車隊是否到了與否，一見到車隊，就要立即變換綠燈的通行號誌，看起來簡單，其實壓力很大，總統沒下班回家之前，我也不敢亂跑，只能乖乖的守著那「紅、黃、綠」。

但人算不如天算，我再怎麼兢兢業業，還是闖了禍。

有一天，有支軍隊要移防，為了不阻斷軍隊行進，我讓軍隊行進的號誌一直亮著綠燈，載滿阿兵哥的大卡車一輛接著一輛，大卡車轟隆隆不停的壯觀場面讓我看到出神，完全沒發現一旁馬路上，總統車隊已經抵達，直到總統身旁的侍衛，氣極敗壞的衝向我大罵：「你在搞什麼？總統車隊已經停下來五分鐘了！」我才驚覺「代誌大條了！」

那個年代不比現在，那還是動員勘亂時的戒嚴時代，老總統身邊的安全戒護可是滴水不漏，我那一愣神，讓總統車隊停在大路口五分鐘，若要嚴格究辦，被安個圖謀暗殺總統之類的罪名都說不定。

車隊重新啟程後，總統侍衛告訴我，總統要追究到什麼程度，稍晚就會通知我，要我別亂跑，乖乖等結果，那可能是我這輩子度過最長的十分鐘。

不久後，我接到侍衛官打來的電話，他告訴我，沒事了，總統心情很好，還說偶爾看一下軍隊移防狀況也很不錯。當下可真是謝天謝地，謝謝老總統！

雖然逃過一劫，可是當時的驚恐，心上的陰影卻從沒退去，每天執勤都更加倍心驚膽顫，深怕再有個閃失，可就沒上一次的好運，提心吊膽的日子過了幾個月，我決定「閃」為上策，辭了工作，結束短短八個月的警察生涯。

辭了警察，日子還是要過，肚子還是要顧，當時，政府剛好大規模招考一批財政人員，我連「會計」是什麼都搞不懂，還是跑去試運氣，考專業科目時，我有看沒有懂，幸好考了很多選擇題，我通通選第一個答案，想不到竟然讓我給考上了！之後進行四個月的培訓，我把握時間專攻會計等專業科目，臨時惡補一陣子，也就這樣成了公務人員。

高高興興捧了個鐵飯碗，但我竟被分發到遙遠的後山花蓮縣。從台北出發，整整搭了一天一夜的車才抵達，當時的花蓮真的很荒涼、落後，我常跟同事們開玩笑說：「這裡真是一個除了颱風、地震之外什麼都沒有，連蚊子也不想來的地方呀！」

但「連蚊子都不想來的地方」卻讓我這個十幾歲離家，四處飄泊的浪子定了下來，一待三十多

頑皮又樂天的賴秀昇（左一）曾男扮女裝色誘日本兵。

鄉愁，在稿紙方格上融化為文字。

年，還在此結婚、生子，直到民國七十九年退休後，考量到孩子們求學、工作的便利性，才舉家搬遷至台中市。

環島，有沒有我的份？

退休後的日子，多半時間都在寫寫詩、種種花、看看電視的消遣中度過，也從沒參加過什麼老人會或社區聯誼活動，因為感覺「不好玩」。直到有一天，我在報紙上看到弘道老人福利基金會要帶老人家去環島的訊息，當下心想「這個好像很好玩」，馬上拿起電話，照著報紙上的刊登電話號碼打到基金會去，劈頭第一句話就是：「那個環島活動，不知還有沒有我的份？」

透過電話報了名，但要取得「入場券」可沒那麼簡單，還要先通過「百人體檢大選拔」。體檢那天，一到會場看到報名的人那麼多，我頓失信心，加上既緊張又興奮，血壓竟飆高至一百七，當下更是覺得沒希望了。

抱著基金會頒發給每位參加健檢的老人家的獎狀，我安慰自己，有個參加獎也不錯。沒想到幾天後，通知書寄來，看著簡短信函中「錄取」兩個字，我興奮到當場跳起來，「簡直比中樂透還開心！」

千期待、萬盼望下，環島之旅終於展開，現在回想起來，剛出發那三天，特別辛苦，因為生活作息都打亂了，尤其到第二天，腰痠、手也痠，每天下午二、三點還特別想睡覺，不過，為了「顧面子」，再辛苦都要努力撐下去，還好，基金會真的很周到，安排我們每騎一小段路，就會休息一下，讓大家下車活動活動筋骨。

十三天的旅程，真的很有趣，雖然也有點辛苦，我每天忙到都忘了打電話回家，活動結束回家後，還被老婆、小孩們唸了一頓，說我是隻不知回巢的鳥兒，害他們只能天天守著電視、報紙，看有無環島相關報導。雖然對他們有點不好意思，但我當時只想專心玩呀！

旅程再美好，也終須一別，回歸平日生活後，除了心中增添滿滿的美好回憶之外，我覺得自己更注重養身及運動了，因為有健康的身體，我才能繼續做我喜歡的事。

我的詩

閒暇時，我最喜歡「寫」。寫書法、寫詩、寫自傳。

回想當初，十幾歲的孩子，因為戰爭，被迫離開親人與家鄉，獨自面對人生的旅程，這些年來，思念化為方格上一格一格的文字，記憶中的家鄉、母親的雙手、父親的呼喊，一字一句，都是深埋心中最深刻的情感。

分享兩首我最喜歡的作品。「夜鶯」是我第一次的作品，當時，在高雄縣旗山和尚坡站衛兵時，靈感一來，構思這首詩，想不到之後投稿，竟還獲得軍中文藝獎的獎金；「夢故鄉」則是在做了一場恍如實景的夢之後，醒來隨筆記下的實錄。

《夜鶯》

黑夜籠罩整個原野，
陰霾佈滿了整個大地，
河山在黑夜裡頻頻沉入夢境，
那林端的夜鶯舒展嘹亮的歌喉，
咕咕咕地拚命的歌唱！
夜鶯啊！夜鶯！
願你盡情的歌唱！
願你快樂的歌唱！
願你自由的歌唱！
願你勇敢的歌唱！
把那漫長的黑夜唱曉，
那那沉睡的河山唱醒，
把那晴天白日太陽光明唱出，
照耀整個原野，
照耀整個大地。

《夢故鄉》

故鄉田園荒蕪，河山變色。
原野一片乾涸，顯得份外枯黃，
梧桐露著光禿禿的頭在顫抖，
期待著霹靂的春雷發響，
甘露的滋潤。
爹娘的肌膚乾癟，白髮蒼蒼，
在階前俯首踉蹌的呼喚，沉吟。
妻兒帶著憂鬱憔悴的面孔，
在門外眼巴巴的向海這邊渴望。

第三天（二〇〇七／十一／十五）

追夢軌跡 台南市→高雄縣岡山鎮「高雄縣文化局」→高雄縣大寮鄉「龍婕托兒所」→屏東縣東港鎮「安泰醫院」→屏東縣枋山鄉「枋山之星國際度假村」。

追夢里程數 一〇九公里。（累計公里數：二九九公里）

第三天，南台灣熱情的陽光回應著不老騎士們的追夢熱血！這一天等待著他們的，除了人們帶來的驚喜與旅途中的美麗景色外，他們也持續回饋，持續灑下一粒粒勇敢追夢、圓夢的種子！

不老騎士們從台南市出發，抵達高雄縣文化局稍作休息後，又馬不停蹄南進至大寮鄉「龍婕托兒所」。在這裡等候不老騎士的，除了天真可愛的小娃兒們之外，還有一群由弘道大寮志工站服務的獨居長者，他們的心中的熱情，等待著不老騎士來為他們點燃。

然而，等待著不老騎士的另一個最大驚喜是，活動第一天傍晚，就因身體不適而暫時脫隊，並住進醫院的團長賴清炎爺爺歸隊了！

當大家看見團長現身時，開心激動之情全寫在臉上，黃財爺爺更是給了團長一個大擁抱，敬佩地說：「年紀大我一輪，但精神卻讓人尊敬，不愧是我們的團長！」

弘道老人福利基金會執行長林依瑩抱著團長，激動的流下不捨與開心的眼淚，團長拍拍她的肩，溫柔的告訴她：「真的很抱歉，沒事了！」隨後更拍拍自己的胸脯，活力十足的告訴大家：「缺血補血就好了，我現在可是元氣百倍呀！」

團長隨即走向現場的獨居長輩並告訴他們：「老了沒關係，要勇敢起來！血沒了沒關係，再補就好！大家要勇敢起來，要有夢想！」他用行動讓獨居長輩家們看見了，什麼是追夢的勇敢與堅持！

這一群用行動展現老人家也能勇敢追夢的不老騎士們，就在團長賴清炎爺爺的領軍下，鼓舞了一群同樣懷抱夢想的獨居爺爺奶奶們。

其中，曾經擺過蔥油餅小攤位的杜爺爺最大夢想就是「做蔥油餅給小朋友吃」，他的夢想也在民國九十七年四月經由弘道老人福利基金會的協助，在大寮鄉的永安兒童之家實現了。

此外，曾是歌仔戲班要角的徐楊百利奶奶則秀出一張細心珍藏的表演劇照，對她而言，那段登台唱戲的日子是人生中的最美好，而已經八十二歲且獨居的她最大夢想是再和大家分享她的歌聲。

於是這一天，不老騎士們化身小歌迷，坐在台下聽著徐奶奶悠悠唱出一曲「望春風」，美聲甫落，熱情掌聲與「安可聲」四起，不老騎士們的熱情，讓徐奶奶紅了眼，卻也笑開了眉。

活動結束後，不老騎士中唯一的獨居長者康建華爺爺，主動上前與徐奶奶聊了起來，他說：

「聽見她那麼努力為我們高歌一曲，真的很感動！」

康建華爺爺說，他想要鼓勵徐女士不管年紀多大，都還要懷有夢想與目標，人生才會多一點活力與意義，後來康建華還將一幅小朋友送他的畫作，轉送給徐奶奶，希望她能感受更多的溫暖與祝福。

康建華爺爺笑說，雖然對送畫小朋友有點過意不去，但相信如果那位小朋友知道他的畫作，可以同時感動、溫暖兩個老人家的心，一定也會很高興。

清炎爺爺的歸隊，讓林依瑩執行長感動又心疼。

不老騎士化身小歌迷，徐奶奶再圓表演夢

修佛祈緣，幸福就在因果循環間

——康建華爺爺　生於民國十六年

我是康建華，我是個茹素的獨居老兵，我按照自己的步調過著歡喜而寧靜的日子。你相信緣份與因果循環嗎？我相信！我的人生裡充滿了因果循環，環環相扣的奇妙緣份，溫暖我孤單的心，也豐富了我的獨居歲月。

幫我拍照的女孩

二〇〇七年我參加弘道舉辦的摩托車環島活動，從此成了「不老騎士」，接受過好多次媒體訪問，也到過許多學校向學生們分享環島故事，我這個獨居老人一下子好像成了小名人，感覺實在很奇妙。

很多人總是問我：「康爺爺，你當初為什麼想報名？」

我的答案是：「一張照片」。如果，我身邊剛好帶著那張改變我這幾年生活的照片，我一定會拿出來與你分享這一段奇妙的緣份。

「幫我拍這張照片的女孩幫我報名的！」

照片中是我的獨照，我口中的女孩是弘道老人福利基金會的社工員李幸娟。拍照那天，我第一次見到她，當時連她的名字都不知道，這個可愛的小女生跑來我身旁，爺爺長、爺爺短的和我聊東聊西。

她問我，會不會騎摩托車？身體狀況如何？平常有沒有在運動？然後問我要不要參加一個騎摩托車的活動。我當時其實也沒搞清楚到底是什麼活動，但看她笑得那麼可愛，也就傻傻地笑著點頭答應了。

等我搞清楚原來這個活動是要花十三天騎摩托車環島一圈時，我已經被通知錄取了。所以我總是開玩笑說，當初其實是被這丫頭拐了，但我還是很感謝她，若不是她，我不會經歷這麼美好的一段旅程。

現在我和這丫頭不但成了好朋友，還幫她牽了姻緣線。她現在已經嫁進我的好朋友家裡當媳婦，還和我住在同一社區了。緣份真的很奇妙吧！

「機」緣

話說回來，當初幸娟ㄚ頭問我會不會騎摩托車，我說會，但我卻忘了告訴她：「我沒駕照」，所以出發環島前，我還有一個最重要的關鍵任務，那就是「考取駕照」！

其實，我早年曾考過摩托車駕照，但每次路考都騎不過那個S型，所以一直處於無照駕駛的情況，有一次，被警察攔下來，警察問我：「為什麼不去考駕照？」我跟他說了路考沒過的事，還反問他：「你騎摩托車騎那麼久了，有遇過那種S型道路嗎？」警察大人聽了，笑一笑，竟然「放我一馬」。

雖然警察大人念在我年紀大，願意放行，但當時基金會可是相當嚴格的要求，一定要領有一般重型機車駕照才能出發，所以，我卯起勁來努力準備考試，想不到去了監理站要報考，服務人員發現我已經八十一歲，滿臉不可思議的看著我說：「爺爺，我父親七十多歲，現在已經中風躺在床上了，你卻還要來考駕照？」

本來服務人員要我別折騰了，但沒拿到駕照就不能參加環島，因此我當然不肯回家，堅持報考，最後不但順利通過考試，筆試還拿了九十五分的高分！

我很慶幸當初堅持考照並參加環島，事後回想那一年的摩托車環島圓夢之旅，可說「酸甜苦辣」樣樣有，是很難得的經驗。

建華爺爺與弘道社工李幸娟的奇妙緣分

我還記得，抵達東部時，看著那水雲相接，海天一色的太平洋浩瀚海景，原本騎到雙手快斷掉、全身快散掉的疲倦居然全消失了，頓時神清氣爽，心情全都好了起來，美麗的風景真的是人生最佳調劑品！

環島期間，我們所到之處，都受到大家熱情的歡迎與招待，讓我以身為「不老騎士」一員感到驕傲，但更讓我覺得「自己很棒」的是，我還有實現夢想的動力與能力！

烽火眞情

其實，回想在高雄縣大寮鄉時，會主動上前徐女士聊一聊，幫她打打氣、加加油，或許是因為她讓我想起戰亂之中，始終為我守候著家園的妻子。

母親在我七歲時就過世，奶奶靠著製造手工鞋子、帽子，將我與五個弟弟拉拔長大，我十七歲那年，奶奶年紀也大了，行動越來越不方便，考量家中實在需要多個女人來幫忙照理家務，所以透過媒人介紹，討了大我四歲的老婆，隔年還生下一個女兒。

生下女兒後，我也多了份「成家立業」的責任感，為了想幫家裡多賺點錢，所以離開安徽北方的鄉下老家到縣城找工作，想不到局勢卻因為戰爭越來越混亂，我工作沒找著，反被逼著一路逃難到上海，回不了家，我只好加入國軍，想不到最後又跟著軍隊撤到台灣，眼看著回家之路竟然越走越遠，我唯一能做的是就是在離開中國前，急忙寫了封家書告知下落，但後來我才知道那封信從來都沒有送達，我與家人也從此斷了音訊。

獨自在台灣生活的這些年，也不是沒想過再找個伴，但不知為什麼，每次動了再婚的念頭，當晚一定夢到家鄉的妻兒，雖然我根本不知道她們是否仍安在？她們在我腦海中的容顏也已經模糊，但那緣淺的親情卻一直牽絆著我對家鄉的思念。

民國七十六年台灣開放返中探親，我也終於重回老家。當我踏上那離開多年的土地，看見年邁的妻子仍守著老家破屋，當年離鄉時還是小娃兒的女兒也已成長得亭亭玉立，內心的激動與感動真的不是任何語言或文字能形容的，妻子歷盡滄桑的臉龐上露出一抹最美麗的微笑，她淡淡的說：「回來了呀！」

全家人多年後終於團圓，聽著老妻說起當年戰亂中的生活，喜悅之中，卻又多了份心酸與心疼。當時她一個女人家，不但要承受與我失聯的悲傷與焦慮，更可怕的是要對抗大飢荒，糧食都被送進部隊，壯丁都被拉去當兵，田園荒蕪，村裡餓死了好多人，妻女倆經常每天只能分一碗米湯，也常餓到要去摘野草、挖樹根、剝樹皮來填肚皮。

妻子辛苦走過戰亂與飢荒，卻仍堅守著我們的老家，這份情我怎麼也還不盡，也慶幸自己在台灣沒有再婚，多少能還給老妻一些安慰。

緣起不滅

我很相信因果，更珍惜我生命中的每一個緣份。回想數年前，我看到一則新聞，一名七十多歲的獨居老人病死家中多日後才被發現，有感於自己年紀也漸長，一個人獨居下去也不是辦法，所以決定將房子賣掉，住到榮民之家去。

賣屋過程卻是一波三折，最後便宜賣給了一個女孩子，想不到新屋主卻希望我不要搬走，繼續住下來幫她「看家」，最後更成了我的乾女兒，我沒想到賣房子還能多了個乾女兒。更意想不到的是，如果當初我搬走了，我根本不會遇上弘道的社工員李幸娟，更不會有機會成為「不老騎士」。緣份環環相扣，不滅的傳承著，但我也相信，因為惜緣與付出，才能為我帶來這麼多美好的福報與緣份。

我今年已經八十六歲，但我還是努力過生活，努力當一個快樂又健康的獨居老人。你知道是什麼驅使著我嗎？因為夢想！人真的要有夢想，不是做白日夢，而是你真的願意為這個夢想去努力、去實現，這樣的夢想才有意義。我現在的夢想就是，有能力繼續奉獻自己，幫助別人！

終於在中國與家人團聚的建華爺爺

第四天（二〇〇七／十一／十六）

追夢軌跡 屏東縣枋山鄉「枋山之星國際度假村」→屏東縣獅子鄉「VuVu的家」→台九縣南迴公路→台東縣達仁鄉「山海關加油站」→台東縣大武鄉「同發順海鮮餐廳」→台東縣太麻里海灘→台東縣太麻里「日昇之鄉會館」。

追夢里程數 八十二公里。（累計公里數：三八一公里）

大清早，灰濛濛的天空帶著一絲沉重。清晨三、四點就起床運動的不老騎士們，雖然個個精神抖擻，但言談間也透露著一股緊張氛圍。

今天不老騎士們將面臨環島旅程中的第一個大關卡：南迴公路！

騎士們將面臨的不只是在山路間與一輛輛大卡車爭路搶道的風險，一個月前，海棠颱風過境造成多處坍方，目前都還在整修中，崎嶇道路也為這段路程投下更多危機因子。

出發前，團長賴清炎爺爺鼓勵大家不要害怕；身為牧師的張弘道爺爺也為大家向上帝祈禱路途平安；不老騎士們的臉上雖然多了分凝重，但每個人身上也都散發出「向前衝」的無懼勇氣。

第四日的旅程，出發！

騎過彎曲的山路，行過濕滑的路面，頭頂上是隨時可能有落石的岩壁，車輪下是因為施工而散落滿地的小碎石，歷經一個多小時全神貫注的路程，不老騎士們順利穿越從屏東縣楓港鎮到台東縣達仁鄉，這段三十多公里長的山地路段。

南迴公路除了山地路段的考驗之外，從達仁鄉到太麻里路段，雖然有美麗的海景，但部分路段也在整修，雙線道的馬路，沙石車、大卡車絡繹不絕，這可讓不老騎士們陷入矛盾的焦慮中，總是忍不住被一旁海天一色的壯闊海景給吸引，卻又得小心眼前道路，騎著騎著終於抵達這一晚將下榻的太麻里鄉，「老玩童」們再也禁不住大海的誘惑，臨時增加「海灘休息點」。

停下摩托車、放下緊張的心情，大夥兒奔向沙灘，任海風吹拂，帶走疲倦，這一刻，他們全成了二十幾歲的年輕小夥子，敬恆爺爺捲起褲管，玩起追浪遊戲；弘道爺爺與映美奶奶靜靜坐在一旁，聽著海浪聲，享受小倆口的浪漫時光；秀昇爺爺更是開心的唱起了歌，最後，騎士們熱血澎湃的對著大海高呼「不老騎士GO！GO！GO！」

夜晚到來，不老騎士們成功挑戰南迴公路，又見了美麗的東海岸景色，個個心情輕鬆又愉快。開朗豪爽的譚德玉爺爺打電話回家，扯著大嗓門向電話那頭的孫子撒嬌：「你有沒有想爺爺啊？……很想喔？好好好，爺爺很快就會回去啦！」掛了電話，春風滿面的德玉爺爺進行例行量血壓，想不到血壓卻飆高，他冏著一張笑臉說：「因為剛跟孫子通完電話，太興奮了！」逗得工作人員也哈哈大笑。

南迴公路是不老騎士們的一大挑戰！

這一晚，就在歡樂笑聲中劃下句點，騎士們全都累得沉沉睡去。

只是，大夥兒沒料到，幾個小時後，團長賴清炎爺爺將再度與他們暫別……

弘道爺爺與映美奶奶享受海邊浪漫時光

看到藍天碧海，80歲敬恆爺爺玩興大發一起追浪去

追夢不遲疑，我是超級行動派

——譚德玉爺爺　生於民國十六年

我是譚德玉，我是個很有行動力的老爺爺喔！我在八十歲之後幫自己立下「挑戰不老大計劃」，我八十歲去了西藏，八十一歲還騎機車環島，前年八十四歲更登上台灣最高峰玉山，雖然我最近身體有些不好，但我相信我一定能戰勝病魔，因為，我還要去美國大峽谷走一走那舉世聞名的天空步道！

都是那張複寫紙惹的禍

我的老家在長江邊上的深山裡，山裡的日子很窮苦，還曾因連年天災，莊稼欠收，為了生存，我只好當起小法師，跟著師父四處去為人誦經做法事；十七歲那年，聽人說加入軍隊至少可以求得溫飽，所以響應「十萬青年十萬軍」從軍去。

然而，加入軍隊前期，遇上一位壞長官，折磨出我人生最灰黯的一段日子。我還記得第一次被修理，是因為一張「複寫紙」。當年，我還是個鄉下來的傻青年，壓根兒不知道什麼是複寫紙，在填寫一張採買單時，沒有在複寫紙下方墊上硬紙板，結果整本空白採買單全被我「複寫」了。為了這個錯誤，我當場就被賞了一記大耳光，之後更被抓去打屁股，打到屁股全開花，傷口痛得我不能坐、不能仰躺，好不容易傷口復原了，我的新苦難又降臨。

迎接端午節到來，軍中特別裝設電話要讓弟兄們打回家鄉一解鄉愁，但是長官弄錯申請程序，延誤了作業，結果卻由我揹黑鍋，人家在歡喜過節，我卻被關了好幾天禁閉。

我後來常感嘆，當時除了沒被槍斃之外，軍隊中常見的虐待、懲處手法，我大概都經歷過了。

歷經痛苦的菜鳥生活後，我努力苦讀，順利考取陸軍官校，先後歷經廣州受訓、海南島畢業等歷程後，我也來跟隨國民政府來到台灣，一路幹到中校後就申請退伍，之後，我當過停車場管理員、縣政府交通道安會報秘書，甚至還當過報社警衛。

我活不過六十歲？

忙碌了大半輩子，要真正退休時，心中突然升起一股徬徨感，我問自己，退休後要做什麼？那時候我想起年輕時，曾遇過兩個算命師，他們都告訴我，我活不過六十歲。

這麼「一根刺」梗在心頭，我告訴自己，如果不找點事情做，我一定會失去對生命的熱情，搞不好，真的應驗算命師的話。

我在軍中時，就已開始集郵，所以我決定退休後的第一步，就是「好好玩郵票」，因為我有了更多的時間，可以投入更多心力來好好享受這項樂趣，最後，除了郵票，我也開始收集紀念幣、明信片與郵戳。

我曾經為了一個郵戳，不辭千里跑到台東去；多數的時候，則是四處和同好分享集郵心得或是四處尋寶，現在家裡好幾個儲櫃裡，滿滿的都是一本又一本集郵冊、一疊又一疊明信片、一塔又一塔紀念幣。每一枚郵票、每一張明信片、每一個硬幣，背後都有一個故事與心情，紀錄著我這些年來的生活。

除了「收集」之趣，我也不斷挑戰自己，五十歲那年，我迷上騎腳踏車，一路從台北縣騎到台中縣太平市，第二次更遠征至彰化縣鹿港鎮；六十歲我則跳上摩托車「凸」台灣；七十歲的時候，我觸角伸向全世界，還在七十二歲時，挑戰海拔四千多公尺的瑞士少女峰。

當我邁向八十大壽那一年，我慶幸自己活過了算命師口中的大關六十歲，為了感謝上天賜給我美好的生命，我決定要越活越精彩，每年都要「挑戰一項不可能」。

於是，我去了西藏、去了長白山，還參加了弘道老人福利基金會舉辦的「不老騎士摩托車環島」活動，環島之後，我沒有停下腳步，我在八十五歲的時候登上全台灣的最高峰——玉山。

德玉爺爺對於圓夢可是說做就做，毫不遲疑。

德玉爺爺每天用明信片紀錄追夢心情與歷程。

環島，很忙很忙呀！

八十一歲那年參加弘道老人福利基金會的摩托車環島之旅，是我生命中最美好、最特別的一段旅行！

南迴鐵路通車時，我曾經很想來一趟火車環島之旅，但之後因為忙於工作而未能成行，所以，當我無意間看到報紙刊載，弘道老人福利基金會要帶老人家摩托車環島圓夢時，我立即打電話到基金會詢問詳情。

想不到，翌日就要進行體檢了，我根本來不及通訊報名，所以，隔天一大早，我直接搭客運南下台中市，前往基金會現場報名、做體檢；回家後，等了好久才終於等到錄取通知書，雖然錄取通知中註記著，必須全程參加培訓課程，且需在出發前取得摩托車駕照，但這對我而言根本不是問題，我知道我的環島之夢即將啟程。

為了紀念這趟得來不易的美好旅程，我決定每到一個休息點，就要寄出一張紀念明信片，不過，我的明信片可不是馬馬虎虎、隨隨便便寫個名字、地址就寄出，每張明信片上都有一首專為寄信地所寫的打油詩，為了這些打油詩，我可是一路「傷透腦筋」，隨時隨地都在尋找靈感。

我的腦袋瓜兒一路轉呀轉，比那摩托車輪轉得還要勤快；我用一段段文字紀錄東海岸的美麗、蘇花公路的驚險，旅程結束後，每每翻閱著當年的明信片文字，一段段美好畫面又從我腦海中活了過來。

【縱谷】：花東縱谷傳佳音，烏雲足下任我行，喜逢天雨來插花，不老騎士奔前程。

【蘇花】：曲折迴腸蘇花公，依山背水負荷重，騎士大老穿越時，不為險要所撼動。

而在所有明信片中，有一份最特別的明信片，我打算留傳子孫呢！那就是民國九十九年九月九日，總統馬英九於總統府接見我們不老騎士時，我特別請他在我事先準備好的明信片上簽名。

【總統】：九五至尊親簽名，耄耄騎士感聖恩，紀念明片彌珍貴，忠孝節操傳子孫。

一波數折玉山路

會想去攀登玉山是起源於看新聞時，報導一群學生登上玉山領畢業證書，看到電視畫面中孩子們興奮飛揚的笑容，讓我既感動又羨慕，我也決定要找機會挑戰登頂，感受那站在台灣最高峰的悸動。

我原本打算報名旅行社舉辦的登山團，可是幾乎所有登山團天數最多都只有三天二夜，但我評估自己的體能狀況，認為至少要四天三夜才足夠，就在我苦思該如何為自己圓夢的當下，一個機緣來到。

公共電視在九十八年間原訂推出一個新節目「阿公阿嬤搶時間」，製作團隊透過弘道老人福利基金會的穿針引線，決定幫我一圓登山夢，為了這個節目，六個月內，我接受製作團隊安排，在不同時間、地點進行各種生活上、訓練上的拍攝。

前後拍了十一次，我們預定在九十八年的九月出發圓夢，想不到當年八月卻發生莫拉克風災，台灣山區災情慘重，行程只好延後；到了十月，玉山山況還是不佳，仍處於封山狀況，經過討論，只好將玉山行延至九十九年三月。

然而，我沒料到原訂推出的節目，卻在這段期間悄悄「胎死腹中」，但卻沒人告訴我，結果我依然癡癡等待，一直等到九十九年四月，已經過了原訂出發日期，還是等不到製作單位的消息，我甚至放棄英國之旅，只為了在家等電話。

左等右等等不到任何消息，我決定主動出擊，約出製作團隊中的編導與企劃兩名小伙子「談判」！

我問他們：「是個有信用的人嗎？」我等了那麼久，也配合拍了那麼多次影片，結果卻是一場空，我沒辦法接受這樣的結果。我告訴他們，不去可以，我希望他們公開向我道歉；但我更希望他們還是能運用他們的資源幫助我圓夢，包括幫我安排行程、找醫生、找地陪等等，費用我可以自行負擔。

或許是被我不肯輕易放棄的信念感動了，兩個年輕人經過討論，並向公司積極爭取後，決定繼續我們未完成的夢想，並將我的玉山行與「誰來晚餐」節目相結合。我真的很感謝這兩位超有義氣的小伙子！

德玉爺爺在環島之旅中，苦思明信片打油詩。

終抵玉山登山口，德玉爺爺興奮萬分

夢想重新上緊發條，我也加緊展開體能訓練，我還想出一個絕妙的訓練點子，我每天騎機車到住家附近的亞東醫院去「爬樓梯」，慢慢爬上頂樓後，再搭電梯下到一樓，然後再重新爬一次，累了就在候診間休息一下、喝口水，最棒的是，不需擔心自己因體力無法負荷，而造成各種意外或傷害，因為已在醫院裡了，一有狀況隨時可立即就診。

然而，夢想之旅即將啟程，想不到我卻在出發前生病住院，只好延到六月，隨著時間越來越接近，醫生評估我的氣喘情況沒有改善，不同意我出發，只好再延後至七月底。民國九十九年七月二十一日，歷經五次延宕，遲了整整一年，我的玉山之路終於在製作團隊及孩子們陪伴下「順利」啟程。

第一天，我們從台北出發，晚間下榻於阿里山；第二天上午進入塔塔加登山口，我們大約在中午十一點半入山，一直走到晚間九點才抵達排雲山莊。這期間，真的比我想像還要辛苦，但我慢慢地一步一步向前走，偶爾停下來休息、喘口氣；走到半路，竟然下起大雨，在視線不佳的情況下，我除了要努力向前走，還要很小心腳下又滑又泥濘的登山小徑，真的是比我想像中還要辛苦好幾倍！

好不容易抵達排雲山莊，我早已累壞，但心情卻激昂又興奮，結果，疲累加上淋雨，讓我的氣喘發作，不只其他人，連我都很擔心若狀態沒有趕快好轉，隔天怎麼去攻頂？

所幸第三天一早，迎接我的是一個好天氣與好身體！我們朝向最後的登頂之路邁進，短短不到三公里的路途，走起來卻彷彿是一輩子都爬不完的漫長，尤其風口那一段碎石坡，真的是相當驚險，隨時一個閃神，都可能摔個四腳朝天或掉落山谷，我壓根沒精神去欣賞風景了，只能全心全意專注在腳下的每一個步伐。

歷經了千辛萬苦，在我登上玉山頂的那一刻，挑戰夢想的壓力在瞬間消散，我懷著無比激動的心情傲視腳下群峰，望著遠處的陽光、腳下的雲海，風拂過我的臉，味道竟是鹹的？原來，我早已忍不住掉下眼淚！

我拿出事先準備的簡易香案及小國旗，我焚起一柱清香，向大自然表達我的敬畏；我搖動手中小國旗，雖然我的家鄉在海的那一端，但我愛這塊土地、我愛這個國家！

站在峰頂小小的平台上，感動的言語已經說不出，歷經最多波折與挑戰的夢想，完成後的滋味除了甜美，還帶著一絲欣慰與酸楚。我真的很感謝成全我夢想的人們！我的髖骨開過二次刀，膝蓋也開始退化，聽力欠佳，而且還有氣喘，想不到我這樣一個八十四歲的老爺爺也能一圓攀登玉山之夢！

年輕人們，不要再為自己無法實現的夢想找藉口了，只要有決心，就一定做得到！

大峽谷等著我！

我真的覺得很驕傲，因為自己的努力與不放棄，我八十歲後的生活真的是多彩多姿，我相信我真的可以做到很多老人家做不到的事情！可是，這一年多來，我也生病了，常常要跑醫院，雖然有時候治療讓我很不舒服，但我會很努力很努力對抗病魔，因為，我下一個目標是前進美國大峽谷，我要去走一走那聽說驚險無比的天空步道。

我的夢想呀，等等我！

後記：

民國一〇〇年十一月十八日，譚德玉爺爺在兒女陪伴下，以八十七歲高齡再次夢想達陣，踏上他朝思暮想的「美國大峽谷天空步道」！

德玉爺爺在天空步道上與大峽谷合影時，露出開心又俏皮的神情，他說：「我人生的最後一個夢想真的實現了，圓夢的感覺與喜悅是人生最美的滋味啊！」

我們告訴爺爺，他的人生還很長，這不會是最後一個夢想；而我們也和爺爺約定了下一個夢想，那就是：民國一〇一年十月十一日，要帶著全家人一起走上不老騎士電影首映會的紅地毯！

德玉爺爺兒子、女兒被父親追夢毅力感動，陪他一圓大峽谷夢

德玉爺爺用堅持與方法，以84歲高齡完成登玉山夢

第五天（二〇〇七／十一／十七）

追夢軌跡

台東縣太麻里鄉「日昇之鄉會館」→台東縣太麻里鄉「三和村活動中心」→台東市「台東馬偕醫院」→台東縣卑南鄉「卑南文化公園」→台東縣關山鎮「親水公園」→台東縣關山鎮「電光里活動中心」→台東縣關山鎮「東籬格民宿」。

追夢里程數

八十六公里。（累計公里數：四六七公里）

經過前一天南迴公路的挑戰後，環島隊伍今天的行程安排比較輕鬆，讓不老騎士們悠閒暢遊花東縱谷美景。然而，不老騎士們卻少了輕鬆遊玩的心情，全隊的精神支柱賴清炎團長，因為肩痛再次進了醫院。

賴團長原以為到醫院打支止痛針就可以再歸隊，但經過台東馬偕醫院初步檢查後，認為他的情況沒那麼簡單，要求他至少住院三天進行詳細檢查，醫生甚至認為，賴團長最好回到住的地方，到常去的醫院進行徹底檢查，以利後續治療。

這個消息，聽在賴清炎爺爺耳裡，猶如晴天霹靂，但他不願回台中，選擇直接留在台東馬偕治療，以便三天後再度追上隊伍，但是弘道老人福利基金會工作人員經過評估，不希望團長冒風險，說服他搭飛機回台中光田綜合醫院檢查。賴清炎爺爺答應了，但一直勇敢面對身體不適的他，卻再

也忍不住淚水。堅強的他，掩著面，流著淚，哽咽向執行長林依瑩說：「我覺得好丟臉，我好對不起你們……」

林依瑩聽了這話，再也忍不住在眼眶裡打轉的淚水，她趨前抱住團長，告訴他：「你沒有對不起誰，沒有你，就沒有他們，沒有這麼多快樂的老人，你真的很棒，你做的一切都很有價值……」

在此同時，不老騎士們也臨時變更行程，全隊到醫院急診室為團長加油打氣，看見賴清炎團長虛弱又自責的模樣，這群在生命中見過無數大風大浪的老人家們也全紅了眼，一把鼻涕一把眼淚的為團長加油打氣。

最後，不老騎士們更是不分信仰，一起在張弘道牧師的帶領下，為團長祈禱，就連全心向佛的康健華爺爺也跟著雙手合十，虔誠為團長默禱。

這一天的午後，台東機場裡，有著團長落寞的身影，他低頭不語，身體上的痛遠遠比不上內心的苦。回到台中住院檢查期間，他始終不肯將紅色的團長背帶取下，他用精神繼續陪著不老騎士們前進；他的行李也一直未打開，準備隨時再跟上車隊。

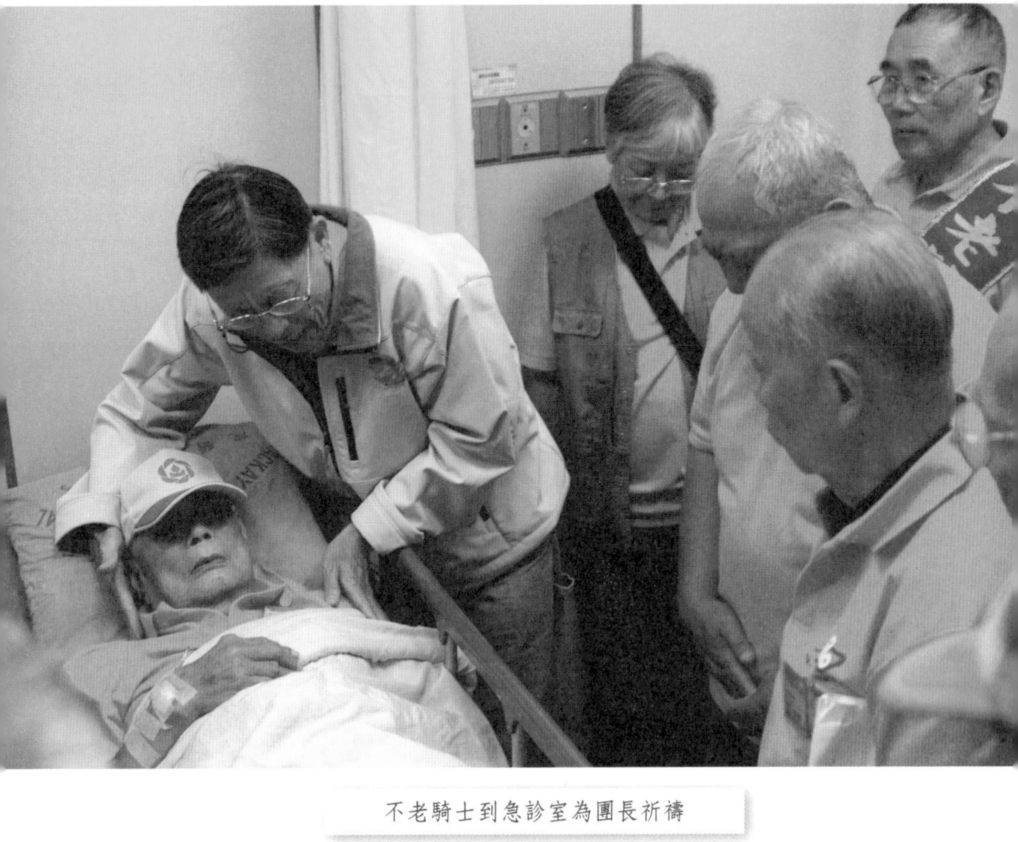

不老騎士到急診室為團長祈禱

「給我一個微笑」，我用鏡頭看世界！

—孫相春爺爺　生於民國十五年

「來，看鏡頭笑一看！」想聽我的故事呀？那你可要先讓我拍個照！為什麼？因為我喜歡紀錄生命中每一個特別的時刻！好像離題了，容我先自我介紹一下。

我是孫相春，但這不但不是我的本名，更不是我本來想替自己取的新名字。你一定又要問為什麼了？說來話長，但我先跟你透露個小秘密，我當初改名字的原因，可是為了將來有天要「逃兵」而做的準備喔！

孫祥春變孫相春

我是山東人，民國十五年出生時，父親已經過世，九歲時母親也走了；是爺爺咬牙苦撐，將我與哥哥拉拔長大，當時的日子又苦又窮，沒東西吃，只好在自家空地上種地瓜，常常一整個冬天，三餐都是地瓜，別問我吃的膩不膩，因為有地瓜吃就要偷笑了。

我出生的年代不但窮苦，更糟的是戰亂不止，從日軍侵華到國共戰爭，「從軍」幾乎是我這種

窮小孩早晚的命運。尤其當時村裡多數青壯年都陸續加入軍隊，好手好腳大男人待在家裡沒有上戰場，來自村裡的公差就會特別多，一天到晚找上你。

雖已有從軍的「體認」，但總是聽人說加入軍隊後，就別想再回鄉了，不是戰死沙場，就是要跟著軍隊南征北討，最後老死在軍隊。實在很怕「當一輩子兵」，所以，我先加入村裡的自衛團，雖然沒有軍服，但不僅有配槍，還有飯吃、有薪水領，也算是美差一件。那時候，我的大哥已經加入國軍，還替自己改了個名字叫「孫宜春」。

當個兵，為啥連名字都得改？還不就是擔心入了伍，適應不良想走時，軍隊不放人，那時候可就要逃呀！逃兵可是個大罪名，所以，用假名去當兵，真逃了兵，軍隊拿著假名四處問人，就算翻了天，挖了地，也讓它找不到！

所以，幾年後，我跟隨哥哥腳步加入國軍時，我也捨棄了本名「孫嗣禧」，並循著哥哥的假名，為自己取名「孫祥春」，誰知道登記名字的小兵沒聽清楚我這口山東腔，就寫成了「孫相春」，後來，這名字就跟了我一輩子，最重要的是，我最後可沒有逃兵喔！

愛唱歌的妻子VS.愛錄影的老公

加入軍隊，除了遠離家鄉之外，我沒有戰死沙場，也沒有當一輩子的兵，跟隨國軍來到台灣之

相春爺爺的太太是愛唱歌的原住民，相春爺爺最愛攝影，兩人鶼鰈情深。

豪邁爽朗的相春爺爺，喜歡用錄影機收集人生中每一個笑容。

後，我在民國七十一年退休，那一年我已經五十六歲，卻一直沒有結婚，和幾個軍中好友一起在當年還是荒山野嶺的台北市文山區買地建屋，用雙手打造自己的窩，建立起自己的「家」之後，我也興起找個老伴兒相陪的念頭，所以在朋友介紹下認識妻子並結婚。

我的妻子是原住民，我是她的第四任丈夫了，我們沒有生小孩，但日子還是過得很開心，雖然，妻子老是不聽我的話，傳統婦女所謂的「三從四德」在她身上完全不管用，但我還是喜歡她開朗、愛唱歌、無拘無束的個性。

觀察她的生活習慣，我還自個兒「鑽研」出一個道理。原住民住在山裡，晚上常有野獸入侵，他們為了保護家園，晚上就搭個營火，一邊唱歌、一邊跳舞，火燄映照出跳舞的身影變得又大又嚇人，再加上嘹亮的歌聲，野獸就不敢靠近啦！不過，光是唱歌、跳舞顯得有些無聊，所以就再喝點酒助興，久而久之，喝酒、唱歌、跳舞就成為原住民的生活習性了。你說有沒有道理呀？

退休之後，我開過娃娃車，也當過大樓管理員，工作之餘，我最喜歡做的事情就四處旅遊，並拿著錄影機和相機紀錄每一段難忘的旅程、每一個特別的經驗。我從早年那種很大一台的家庭錄影機開始玩起，這些年來已經換過七、八部，現在的錄影機越做越小，功能越來越多，光是研究這些錄影機，可就夠我忙的了，有空的時候，我最喜歡看購物台賣各式各樣的相機、錄影機，每次都讓我忍不住驚嘆科技的進步。

不過，再怎麼愛旅行，再怎麼著迷於錄影機，都比不過那一年，參加環島旅行帶給我的美好！

我年輕時也曾想環島，卻一直沒行動，隨著年紀越來越大，藏在心裡的「環島夢」早已發霉，所以，當我從報紙上看到弘道老人福利基金的環島消息時，幾乎沒有多猶豫就拿起電話報名。

十三天的旅程，其實有點辛苦，讓我忍不住要感嘆歲月不饒人，最需要克服的就是每天下午都會騎到想睡覺，此外，蘇花公路那一段，還真是驚險無比，要是一個人來騎車，不小心掉下懸崖都沒人知道。

不過，辛苦又充滿冒險的旅行，最終還是在基金會完善的規劃中，順利完成，我真的很開心有這樣的機會，參加這麼難得的環島旅行，為我的人生留下一個最美好的回憶！

平凡小人物也要活出彩色人生

——王克嶺爺爺　生於民國十七年

我是王克嶺，我今年已經八十五歲了，但我還是喜歡「趴趴走」，我愛旅行、我愛收集旅行中的紀念品，而我最愛的是，在炎炎夏日裡，來一片清涼消暑的大西瓜！來，坐下來吃片西瓜，然後聽聽我這小人物的故事。

一個巴掌打出的命運

民國十七年，我出生在中國河南省，小山村裡的生活雖然不富裕，卻也快樂知足，小學念到四年級，因為日本侵華戰爭越演越烈，學校停課，我也只好待在鄉裡專心幫忙種田。

戰爭一直沒有結束，日子一天苦過一天，十七歲那年，我結婚了，娶個媳婦不只是要傳宗接代，更重要的是為母親分些家裡勞務重擔，但我與第一任妻子的緣份卻相當淺薄。

婚後二年多，一天清晨母親正忙著要燒菸葉水，驅趕牛隻身上的蝨子，但家裡剛好沒有木材，她喊我去外頭找些木柴回來，我也不知哪來的悶氣，雖然準備出門，卻連半句話也沒吭，母親以為我不

當年母親的一個巴掌，改變了克嶺爺爺的一生命運。

理她，跑來罵我，我也頂撞回去，母子倆吵了起來，氣到面紅耳赤的母親，當下狠狠賞了我一巴掌。心高氣傲的我嚥不下這口氣，一轉身，頭也不回的離家出走。當時，我在心中告訴自己：我不想再窩在這沒有出息的地方，我要出去闖一闖，我一定要帶著成就回家鄉。

但縱使有著豪情萬千，我一個鄉下來的窮小子，雙手空空，什麼都沒帶就離家出走，認真想起來，也實在太莽撞，但我當時是打定主意，絕不回頭，因此決定先前往熱鬧的城鎮看有沒有什麼機會。

到了鎮上，剛好遇到國軍在招募新兵，管吃管住，當下我就報了名。我還記得自己離家時，是清晨九點多，一個小時後，我已經在軍隊營房外站衛兵了；當天傍晚五點，軍隊移防，我跟著搭火車南下到武漢，再到衡陽，最後到了廣州，不久後就跟著國軍撤守到台灣了。

我怎麼也沒想到，十九歲那年的寒冬，母親一個巴掌，打跑了我，之後竟是長達數十年的海峽相隔，有鄉歸不得。每每想起那天清晨，我的憤然離去，以及之後數十年的音訊杳然，不知在母親心頭劃下多大的一道傷，我就後悔萬分，沒能陪在母親身邊好好孝順她，成了我心中最大的遺憾。

老芋仔與番薯仔的相遇

民國三十八年，我和軍隊一起登船，擠滿人的船艙宛如地獄般可怕。有人吐、有人哭、有人病；汗臭、尿味、腐敗食物的味道全夾雜在一起，悶熱空氣彷彿凍結，偶爾海風吹來的不是清爽，是黏膩、惡臭與窒熱。漫長旅程好像永遠不會靠岸，好多人受不了，竟然直接跳海一了百了，求個痛快。

熬著、撐著，終於抵達台灣，一個巴掌改變了命運。生命，從此在這座小島上重起爐灶。

民國五十年間，我寫信回家鄉，附上一封離婚書，還給在家鄉的無緣妻一個自由。不久後，我也認識小我十九歲的妻子陳桂香，與她在台灣共組家庭，孩子陸續出生，生活平凡卻踏實而幸福。

幸福中的唯一缺憾是，兒子在高中時很愛玩，跟著朋友出門飆車受傷；幾年後，開計程車又遭人砸車施暴，讓他頭部受傷，為了祈求兒子恢復健康，我開始吃素，希望為他累積更多福報，為他換來更健康的身體。

我年紀一把了，看到孩子們、孫子們幸福、健康，一切就已滿足。平日的生活裡，我喜歡找來好友們一起「堆堆四方城」（打麻將），看看電視的政論節目，但我最喜歡的還是四處旅遊，然後在旅遊中尋寶！

所以，當我從報紙中看見弘道老人福利金會要帶老人家去環島的消息後，馬上報名，覺得這可真是千載難逢的好機會，我以前去過阿里山、去過綠島，卻從來沒有機會環島。

報名之後，發現僧多粥少，對於自己能否錄取實在沒有抱多大的信心，所以在接到錄取通知後，真是樂翻天！因此雖然住在台北市，但每次在台中市舉辦的訓練活動，我就算要一路搭公車、搭捷運、搭客運的轉車奔波，卻一次都沒缺席。

這趟環島旅行，讓我有機會發現台灣更多的美好與進步，公路又直又大，許多偏遠地區的建設也都相當完善，雖然在蘇花公路時，歷經可怕又危險的路段，但事後再回想，我也很驕傲自己通過考驗了。

這樣的旅行真的好到沒話說，跟著一群年紀相差不多的老夥伴一起追求夢想，證明我們人老心不老，也深深感受到自己存在的價值，我好希望等自己九十歲時，還能這樣騎機車環島，再將台灣好好看一眼，再一次感受追求夢想的辛苦與甜美。

老芋仔與番薯仔的相遇。

團聚的家人，是最棒的禮物。

第六天（二〇〇七／十一／十八）

追夢軌跡

台東縣關山鎮「東籬格民宿」→台東縣池上鄉「悟饕池上飯包博物館」→花蓮縣瑞穗鄉「北迴歸線」→花蓮縣光復鄉「光復糖廠」→花蓮縣壽豐鄉「花蓮榮民自費安養中心」→花蓮市「玫瑰花園」

追夢里程數

一四三公里。（累計公里數：六一〇公里）

環島旅程邁向第六天，不老騎士們今天一口氣前進一百四十三公里，由台東縣的關山鎮一路北行至花蓮縣花蓮市，總計里程達到六百一十公里，距離追夢成功只剩一半的距離！

花東縱谷裡的山巒起伏與田野風光，讓不老騎士們連日來的勞心勞力獲得最佳紓解。他們放鬆心情，參觀了池上鄉的池上飯包博物館，品嚐了花蓮光復糖廠美味的冰淇淋，甚至喝起「提神飲料」，模仿電視廣告大呼「喝了再上」！

不老騎士們還抽空前往「花蓮榮民自費安養中心」與老人家們互動，同時拿出「不老圓夢卡」讓大家寫下夢想。

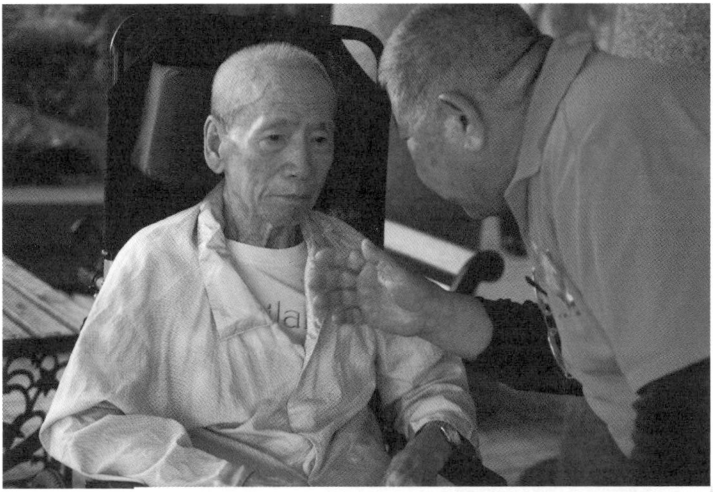

兄弟呀！傾聽沉睡內心的夢想呀！

追夢旅程中，不老騎士們也走訪各地老人會、護理之家、養護中心等，領著讓機構裡的爺爺奶奶一起寫下夢想。

過程中，有些老人家空洞無神地望著手中的圓夢卡，喃喃唸著：「哪還敢有什麼夢想？」還有不良於行的老人家看著比自己年紀大，卻還能挑戰摩托車環島夢想的不老騎士，忍不住紅了眼眶；更有奶奶緊握著牧師張弘道的手感嘆：「我的心酸沒有人知道……」。

面對這些已對人生失望的爺爺奶奶們，不老騎士展現活力、分享愛，鼓勵他們勇敢為自己創造亮麗新人生。

而在這悠閒卻又充實的一天裡，隊伍中的黃媽存爺爺內心的回憶與感慨可是比太平洋還要澎湃上好幾倍！

四十多年前，媽存爺爺的兒子騎腳踏車去環島，媽存爺爺奉愛妻之命要追回寶貝兒子，最後終於在花蓮縣玉里鎮追上兒子。

黃媽存爺爺笑著說，四十年前兒子沒完成的夢，就由我來替他完成吧！

旅程中的第一場雨，澆不熄追夢的熱情。

和我一起來運動吧！

——**黃媽存爺爺**　生於民國十六年

我是黃媽存。「媽存」是一個很特別的名字，小時候玩伴們用台語諧音幫我取外號，總叫我「破船」，我也老是為了這個奇特的名字而感到不自在，直到懂事之後才明白，這是一個「為了母親而存在的名字」。

獻給母親的名字

故事要從我的祖母洪春說起。她在二十四歲那年守了寡，祖父留給她的是三甲多的農地與一個年幼的獨生子。

祖母一個女人家，就算有再大片的農地，一介弱女子也無力耕作。然而，當時她要面對的更大挑戰是，在那個孩子容易夭折的年代裡，要努力讓已經第三代單傳的父親健康長大並成家立業，才能讓黃家香火繼續傳承下去。

年輕的祖母咬緊牙關，展現「大女人」氣勢，撐起了這個家。她靠著經營雜貨店維生，並將農地委給他人契作，父親也在細心教養下，成了知書達禮的人，並在與我母親黃洪扁結婚後，陸續生下九個兒子、一個女兒，黃家的人丁興旺了起來，祖母心中的重擔也終於能卸下，她在六十歲那年撒手人寰。

從小與祖母相依為命的父親為了紀念這位「辛苦的母親」，我們幾兄弟的名字都以「媽」字為開頭，「媽思」象徵對母親的思念、「媽賜」象徵對母親賜予生命的感恩，而「媽存」則提醒著我「要為了母親而努力生存」。

名字背後的心意與故事，我年幼的時候根本不懂，反而因為這個太罕見的名字，老是成為同學取笑對象，讓我在自尊心受損的同時，也暗自埋怨父親為什麼要幫我取這種奇怪名字。

年紀稍長後，透過父親的談話，慢慢了解名字的意義，但還是無法對這個名字產生好感，直到有一次參加日文考試，面試時，主考官要我用日文自我介紹，我緊張到不知要講什麼，只好隨口說了自己這個特殊名字背後的意義，想不到主考官大為感動，給了我高分。

那是我第一次因為這個特別的名字而被肯定，之後，漸漸懂事，也在看見母親辛苦撫養我們這一大批孩子的過程中，更能體會一個母親的辛苦與偉大，所以也慢慢接受並喜愛上這樣一個充滿情感與心意的名字。

養豬生變化妝品先生

雖然我出生在農家，但在祖母與父親辛苦經營下，家境足以讓我在初中畢業後，繼續升學。當時我進入二年制的「北斗實踐農校」（現為彰化縣國立二林工商）學農，當時全校都是男生而且一律要住校，學費就靠在校養雞、養鴨賣錢來繳交，那是一段辛苦又有趣的學生生活。

當年，有一件讓我印象深刻至今的事。一名日籍老師為了教我們如何透過溫度來判斷屎尿堆肥是否已成熟，當著我們所有人的面前，直接捲起袖子，就把手臂放進糞肥裡，我們當下可全都看傻了眼，直覺又髒又臭，但老師都不怕了，我們哪敢出聲。我們那個年代老師的地位都很崇高，當我們看到心目中最尊敬的老師，竟將身段放得這麼低，展現不怕髒、不怕臭、以身作則的精神時，對我們這群小伙子而言可說極度震撼與敬佩。

從農校畢業後，我沒有成為專業養豬戶，也沒有成為專職農夫，反倒執起教鞭當了老師。但教了十三年的書，卻在保守的年代中，無端被捲入政治選舉糾紛，還因此被調校、調職，蒙受不白之冤，心寒之下，決定離開教職，並報考公務員，隨後分發到省政府建設廳，從此定居在中興新村。

搬到中興新村的公務宿舍後，六個孩子陸續出生，家用開銷越來越大，為了增加收入，於是在家中設了個小攤位，賣些糖果、鉛筆文具給小學生，想不到生意卻出奇的好，賣的東西也越來越多，最後還賣起制服。

後來，小小宿舍裝不下滿屋子制服庫存品，於是在市場租了個店面「擴大營業」。那時候，我發現到店裡買制服的幾乎都是家庭主婦，腦筋動得快的我決定引進當年很夯的「蜜斯佛陀」化妝品，成了中興新村第一間賣洋人化妝品的店家，在當年可還造成不小的轟動，之後甚至賣起黛安芬內衣。掛牌時，總公司還派來一名外國女人參加剪綵，再次造成話題。

尋兒記

我八十一歲時，參加弘道老人福利基金會舉辦的機車環島。其實，在四十多年前，我就曾獨自一人騎機車環半島，當時是被逼著上路，更沒心情慢慢看風景，因為我那時候最重要的任務是——「追回兒子」！

那是我兒子考上大學那年夏天的事。當時，他希望用騎腳踏車環島一圈的方式來紀念那年暑假，我與妻子都認為太危險，根本不答應，沒想到他竟然偷跑！

當我們發現兒子「偷跑」後，我立刻跳上騎機車一路追出去，但人海茫茫、條條道路通天涯，我一路騎到了台南，連個影子都沒看到，只好放棄並返家，心想讓兒子去闖一闖也好。

想不到一進家門，妻子沒看到我將兒子找回來，氣得當場發飆，還說我如果不再出門去找，她就自己去找！這還得了，兒子跑丟了，如果連老婆都跑出去，萬一出了什麼事可就麻煩，我只好再

媽存爺爺當上老師，執了十三年教鞭。

度出發。但天都黑了，所以拉來弟弟做伴，這次都騎到屏東楓港了，依然不見兒子蹤影，我只好讓弟弟先返家，獨自騎上南迴公路往東部繼續我的「尋兒記」。

一個人騎到台東時，竟遇上狂風暴雨，還摔車，當時覺得自己好苦命，實在很不想追，但一想到回家對妻子無法交待，只好硬著頭皮繼續撐下去；另一方面，妻子在家裡可也沒閒著，四處找人幫忙，最後透過一名當警察的親戚協助發出「尋人啟示」，請各地派出所幫忙找人。

直到第四天終於傳來好消息，兒子竟然已經騎到花蓮縣玉里鎮。那時候騎腳踏車環島的人很少，所以當地派出所員警接獲尋人通知後，出外巡邏發現有人獨自在路上騎腳踏車時，立即上前詢問，確認是我兒子後，先將他帶回派出所裡，並與家人聯絡。

當我得知消息後，立刻加足馬力趕往派出所。還記得當我抵達派出所時，兒子正趴在桌上吃泡麵，看到我時，露出滿臉尷尬，驚喜與愧疚的神情，我雖然也氣極敗壞，但看見他憔悴又狼狽的模樣，實在罵不出口，最後上前抱了抱他，跟他說：「回家吧，媽媽真的很擔心你！」

其實，我沒說出口的是：「回家吧，你不回去，我也別想回去！」

就這樣，我們將腳踏車送去托運，然後我騎機車載兒子從中部橫貫公路回中興新村，一路上雖然兩人都相當疲倦，但中橫的壯闊美景和清新的空氣洗滌了我們的疲累，聽著兒子分享騎車甘苦與心得，那短短半天的回程之路，倒成了我們父子一生中難得獨處的幸福時光。

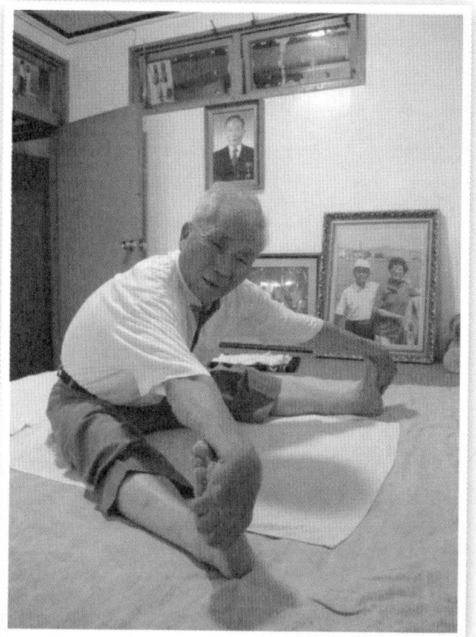

筋骨軟Q，上網沒障礙，媽存爺爺要當健康新老人。

環島之後，體悟健康的重要

二〇〇七年底，我再次機車上路，但這次不當「追兒老爹」，要當「不老騎士」，這一次，前方沒有那失聯、急著要尋回的兒子，有的是一輛輛警方前導車；後方沒有盼著老公帶兒子回家的老婆，有的是最齊全的補給車輛。

這次的旅行，我們的不老精神或許感動了許多人，但在活動當時，基金會周詳、細心的準備，則深深感動我們這些老人，讓我深刻感受到被呵護、被禮遇，也讓我們感受到了追求夢想的美好。

此外，我們一路上也參訪許多地方，看到我們這股不老精神鼓舞很多老人家，這份精神也反過來再鼓勵我們，讓我們可以繼續打起精神、勇往直前。我記得在一間療養院裡，一個老人家握著我的手，他很用力的握了好久好久，然後他說：「你看，我的手是冷的，你的手卻是溫暖的。」短短的一句話，卻撼動我的心，也更深刻的感受到，健康真的很重要，因為有健康的身體，我才能參加這次活動，也才有繼續追夢的能力。

E化爺爺

說到健康，其實我早年熱衷於各種球類運動，卻常因運動過量，造成腰痠背痛，退休後迷上網球，又造成左手臂及腰部受傷，四處求診都無法根治。

人家說「久病成良醫」，我在對抗全身痠痛的治療過程中，也慢慢累積了一些復健概念，最後，我擷取中、西醫治療方式的菁華，研創出「防痠痛健康操」，一套共有十五式，並印製圖文並茂的小本子和親友們分享。

這套健康操有點類似瑜伽，但比較簡單，一個人在床上就能完成，其中最重要的一個「精神」就是「暖身」。我們睡了一覺醒來，身體要展開一連串勞動之前，最好先暖暖身體，做做這套伸展筋骨的健康操，讓全身處於「大暢通」之下，再來進行各種運動與勞動，就能避免痠痛了。

我到現在每天醒來都還會花一小時做這套暖身健康操，沒有做，還會覺得下不了床，經年累月下來，我消化好、血液循環好，精神也就跟著好，有了精神，做什麼事都自己來，不依賴別人，人也就越活越有精神了。

因為全身充滿活力與精神，我這幾年還學起了「電腦」，透過女兒的教導，我將常用的電腦軟體、程式的使用方式全寫進我的「武功秘笈」中，透過這本秘笈，我幾乎天天上網和女兒收發電子郵件，當初我會參加弘道的機車環島活動，正是女兒透過電子郵件告訴我環島消息。

我也學會要怎麼玩「接龍」，要怎麼看我最喜歡的日劇「篤姫」，要怎麼透過網路訂旅館、要如何將照片傳上網，也學會怎麼將常用的網頁全都加入「我的最愛」裡，電腦對我而言不再只是年輕人的玩意了，透過電腦，我的世界也變得更有趣、更寬闊了。

第七天（二〇〇七／十一／十九）

追夢軌跡

花蓮市「玫瑰花園」→花蓮縣議會→花蓮縣秀林鄉「客來堡加油站」→花蓮縣秀林鄉「客來堡休息站」→宜蘭縣南澳鄉「漢本車站」→宜蘭縣「南澳火車站」→宜蘭縣蘇澳鎮「蘇澳大飯店」。

追夢里程數

一二一公里。（累計公里數：七三一公里）

七天前，十六位不老騎士在大家的祝福及部份人不看好的質疑中，從台中市熱血出發；七天來，有人摔車、有人生病、有人想家，但是，沒有人想放棄！

這一天，將是他們環島圓夢歷程中，最關鍵的一天！

這群平均年齡八十歲的爺爺奶奶們，更要展現連續十二小時的體力與毅力，挑戰全程里程數第二多的一天，但一百二十一公里不是他們最大的挑戰，素有「台灣最美死亡公路」之名的蘇花公路，才是他們最需要面對的恐懼！

因應這一天的到來，場勘人員來回多次確認細節，甚至在出發前以「路況不佳」為由，提出「改搭火車」建議，但這個建議，無條件遭全數否決！不老騎士們坦承會緊張、會害怕，但他們

說：「絕對不能輸在這裡！每段路都要自己騎摩托車走過一趟，這趟旅程才有意義！」

出發前一晚，工作人員在執行長林依瑩帶領下，再次針對所有細節逐一確認，林依瑩更要求，洗手間與可以休息、伸展筋骨的地點一定要停下來不能錯過，因為，這是確保每位不老騎士可以安全走過這段險路最基本的要求。

出發前，林依瑩也「苦口婆心」的勸不老騎士們，可以選擇上遊覽車休息一下，但是，騎士們不為所動。

行前，不老騎士們量了血壓、做了伸展操，更有機車行師傅協助進行摩托車安全檢查，萬事俱備。騎士們昂頭挺腰，信心十足，啟程！

蜿蜒公路上，大卡車、砂石車、遊覽車不斷呼嘯而過，雖然撇頭一望，就是宛如藍寶石般澄澈美麗的海洋，但沒人敢多看一眼，王中天爺爺說：「一邊是高山，一邊是碧海藍天，風景很美，但我連瞄一眼都不敢，因為，可能瞄了一眼，我就撞上前方的車子了，代價可就太大了。」

山洞裡，刺眼的燈光、刺耳的引擎回聲，更添緊張氣氛，一部部大車緊貼著騎士擦身而過，捲起的風浪總是讓騎士車身一陣不穩。譚德玉爺爺心有餘悸的說：「一路貨車、遊覽車很多，我們朝宜蘭去，他們向花蓮來；大燈照得我眼睛都快睜不開，我只能全心全意看著前方，耳聽八方，心裡緊張得很。」

大卡車、砂石車，不老騎士挑戰蘇花公路

為了舒緩不老騎士們的緊繃身心，沿途原本預計可以休息的地點，不僅讓不老騎士短暫休息外，更邀請每個不老騎士自創伸展操，帶領大家舒活一下筋骨，玩性一上來，這群老頑童竟然還玩起伏地挺身的遊戲，歡樂的笑聲也漸漸緩和了緊張的空氣。

晚間七點多，隊伍終於抵達宜蘭縣蘇澳鎮，不老騎士們的臉上雖然寫滿疲倦，但成功完成大挑戰，也讓他們內心充滿著驕傲。

好消息接踵而來，不老騎士順利通過蘇花公路的新聞也躍上雅虎奇摩首頁，而多日來的新聞發酵，也讓越來越多民眾認識不老騎士，一路上對著這群勇敢的爺爺奶奶們加油、打氣，甚至有粉絲拿著相機跑來要求合照，大大鼓舞了不老騎士們。

夜晚到來，隊伍中唯一的女騎士張陳映美好好坐在桌前，向上帝禱告，感謝上帝賜給她一路的平安與喜樂。走過蘇花公路，也讓她對人生與上帝信仰有了更開闊的體會。她說：「天色暗下來時，天空又下起毛毛細雨，我唯一能清楚看見的就是車燈照射下的白色馬路邊線，我專心跟著白線走，我知道，只要我不偏離這條白線，我就是安全的，白色的邊線彷彿是上帝給我們的規範，我依循著前進，人生之路就能安心。」

蘇花公路途中休息的伸展操，讓不老騎士打起精神。

告別死神，我學會更多愛！

——張陳映美奶奶　生於民國二十五年

我是張陳映美，我曾二度與死神擦身而過，我曾經以為自己見不到二十一世紀的陽光，然而，生命在我二度抗癌成功後，更顯得珍貴與美好。

上帝的白線

二〇〇七年的秋天，我參加弘道老人福利基金會舉辦的摩托車環島之旅，成為不老騎士中唯一的女騎士，這是我生命中最美好的一段旅程。

我從沒想過自己已經七十多歲了，還能騎著摩托車上山下海，我感受著陽光的溫暖、海風的清涼、人們的熱情；我感受著每一個上坡、下坡、轉彎，土地的律動透過不斷轉動的車輪，傳達到我的手、我的心，我才發現，原來台灣這麼美！

我記得，車隊行經雲林縣西螺大橋時，正是黃昏，晚霞、高山、濁水溪相映成一片彷彿畫中才有的美景；東海岸線上，無邊無際的蔚藍大海、拍打岩岸的滾滾浪花，更彷彿是一張張風景明信片般美得不真實；然而，最美的是，一路上人們的友善與友情，他們為我們唱歌、跳舞、表演、按摩，人們的笑容是這塊土地上最美麗的風景。

和所有不老騎士一樣，旅程中最深刻的印象就是蘇花公路。下著細雨的公路上，沒有路燈、不能停車，我唯一能做的就是低著頭，專心循著車道邊緣的白線前進，那時候我突然發現，白線成了我生命的指引，我若脫離白線的指引，可能直接掉落萬丈懸崖之下。

我是個基督徒，那一刻，我突然更深的明白上帝給我們的訓悔與旨意，看似是限制，其實是保護，讓我們在安全規範之內獲得真正的自由，無論晴雨，無論走路、騎車或開車，只要我們循著白線的規範，就能獲得一定程度的安全。

看見上帝的白線，是我環島旅程中，最棒的收穫！

我的弟弟陳映真

我的父親是小學校長，我曾經讀過北一女的初中部，也念過台中女中的初中部，初中部畢業後進入台中師範就讀，學歷就現在眼光來看，應該算很不錯。我有一個分養出去的弟弟，後來成為國內相當重要的文學作家，他是「陳映真」。

這樣的學經歷與家庭背景，看起來我似乎生長在一個富裕的書香世家。實則不然，我是長女，下有六個弟弟、一個妹妹，一家十口全靠父親教書所領的微薄薪水過日，日子窮苦到我連小學畢業旅行都無法參加。

雖然窮，但全家人的感情卻很好，倒也快快樂樂過生活，想不到，我十歲那年卻發生一件讓全家悲慟至極的事情，那就是大弟映真的病逝。

那時候我們還住在苗栗縣竹南鎮的小村落裡，有一天，大弟上學途中突然肚子痛，請假返家休息，那時醫療不發達，鄉下根本沒醫生，拖了一天，大弟的情況還是沒好轉，父母親才趕緊帶他到台北去看醫生，經診斷是腹膜炎。

弟弟送到醫院時，已經陷入昏迷，那時，父母不斷在床邊呼喊他的名字，大弟一度醒了過來，他告訴父母：「我不會死啊！弟弟、妹妹還在家裡等我，我再休息一下就好。」他再次閉上眼睛，卻再也沒有醒過來。

大弟是家中的長子，他的早夭帶給父母極度的悲痛，而與他是孿生兄弟的映善，雖然在二歲時就過繼給三伯當養子並改名陳永善，但長大之後成了作家，為了紀念早夭的孿生哥哥，為自己取了筆名「陳映真」，讓與我們陳家無緣的大弟，以另一種方式繼續存在。然而，這已經是後話了。

大弟的驟然離逝，也帶走了家中的笑聲。父母對於年輕生命的早逝，感到迷惘與無所適從，於

ROTARY
INTERNATIONAL
輪3520地區

是母親開始尋求神明的慰藉，四處求神問卜，有廟就拜，惹得無神論的父親相當生氣，兩人甚至開始吵架。

那時候的父親悲傷又氣憤，他不相信有神，可是，他又不知道孩子死後去了哪裡？於是，他又認為或許真的有神明，但神明卻很可惡，如果神明要懲罰他，應該是要帶走他的生命，而不是讓無辜的孩子早夭，他恨神明不讓他代替孩子受苦。

一起來唱歌吧！

年幼的我，看見父母的不快樂，卻也無能為力。有一天放學時，班上同學拉著我到冰果室去，但我們不是去吃冰，而是去參加一種名為「教會」的活動。那是剛光復後的歲月，我也才十幾歲的年紀，哪裡知道什麼是「教會」，只知道在那個活動裡，有人會帶我們唱很快樂的歌，還會說很特別、聽起來很感人、很有道理的故事，在家中失去的快樂，我在冰果室的教會裡找到了。

那時，我重新找回快樂，我想把這樣的快樂帶給母親，所以我開始和母親分享在教會聽到的故事和道理，引起母親的好奇後，我拉著母親一起到教會去，想不到，教會裡牧師的話觸動了母親，詩歌裡的意境更是一次次讓母親掉下眼淚，不識字的她，努力背下每一首詩歌，慢慢的，歌聲取代了哭聲，笑容慢慢回到母親臉上，她又開始恢復了那種每天清晨四、五點就起床，幫全家人準備早餐的活力，也開始分享一些教會中學來的道理，讓父親也忍不住笑說：「愛哭神怎麼突然變得有智慧了。」

父親雖然是無神論，但沒有反對我們去教會，有時候，聽著我們唱詩歌，他也很感動，有一次，他假藉要找母親而跑去教會，結果，聽著牧師的話，還有溫暖人心的詩歌，他一個人坐在教會後面忍不住掉眼淚。最終，父親在大弟辭世後四年皈依基督教，幾年後，他更放棄校長職位，跟著教會到台中參與神學院的創設。

死神的玩笑

民國八十五年，春節剛過不久，天氣還是好冷，冷到我忍不住將冷冰冰的雙手埋進暖和的衣服裡，卻無意碰觸到胸旁的硬塊，那當然不是天氣冷到脂肪都結凍，而是死神第一次跟我開的玩笑。

經過檢查，確定我罹患乳癌，確診後第三天進行腫瘤切除手術，但為了確保癌細胞不再擴散，我還是需要接受化療，那是極為痛苦的過程，我一度想放棄，始終陪在我身邊的丈夫不斷安撫我、鼓勵我，但到後來也忍不住動了怒，罵我太自私，說我要丟下他，一個人先上天堂去享受永生之樂。

丈夫的「激將法」達到目的了，我禁不住這「自私論」，所以打起精神勇敢抗癌，最後更一舉擊退死神。

想不到，八十六年間，我到醫院讓從醫的兒子幫我進行健康檢查，檢查即將結束之際，突然發現我的胃部有異常小破皮，進行切片檢查後，我竟然再度罹癌，而且是極惡型的癌細胞，當時，孩子立即為我展開後續手術、治療等療程安排。然而，我卻心灰意冷了。短短二年內，二度罹癌，就算身體還撐得過去，我也已心力交瘁，我告訴家人：「我不要醫了，天主要我回家了。」

雖然最後我還是接受了治療，但我的內心卻已經失去所有繼續生存的動力。我不害怕死亡，我只是心如止水。那時候，千禧年熱潮逐漸加溫，我卻覺得自己可能活不到西元二千年，總覺得大家都在排隊等著迎接新世紀，我卻排在另一條通往天堂之路的隊伍，世界上的事情已經與我無關了，整個人懶洋洋，沒有生氣與活力。

清純快樂，年輕的映美奶奶。

映美奶奶與弘道爺爺在教會中相識相戀。

其實，大家都知道人的死亡率是百分百，但就算有此認知，卻總有一種「還輪不到我」的距離感，一旦真的面臨死亡威脅時，又會生氣為何是現在？為何是我？很多人，熬不過這樣的執念，最後選擇自我放棄。我確實也曾跌落這樣的人生低潮，但半年之後，我也「累」了，不想再如此萎靡不振。

我重新思考人生的順序，我和神和好、和親人和好，和自己和好，我懷著感恩的心重新理解病痛的未知。我回想起年幼時，因為愛唱歌而尋著上帝的足跡，所以，我又開始唱歌，我也積極參與一些公益社團，加入更生團契、到獄中幫受刑人寫信，我在幫助他們重生的過程中，我自己也努力重生。

如今，已經是西元二〇一二年了，我和大家一起迎接了民國一〇一年！我不但迎向了新世紀的陽光，也走出死亡陰霾，活出人生新價值，我知道我還有好多事要做；今年是我和丈夫結婚五十週年，我們要好好來一趟「牽手半世紀」紀念旅行、我還要繼續幫助更多迷惘的人們，找到人生方向、我還要前進安寧病房，協助受盡病痛折磨的人們進行心靈重建工作……。

我不賺錢，要去賺靈魂了！

——**張弘道爺爺**　生於民國二十六年

二〇〇七年，我陪著妻子映美參加弘道老人福利基金會舉辦的摩托車環島公益之旅，成為「不老騎士」的一員，我們不但是團員中唯一的夫妻檔，也是隊員中最「幼齒」的小老弟、小老妹，那是一段美好的旅程，也為我們夫妻倆的生活開啟更寬廣的視野與觸角。差點忘了說，我是張弘道。你沒聽錯，我和基金會巧合的有著相同的名字！

學英文、抗外侮

「弘道老人福利基金會」的宗旨是「弘揚孝道」；而我張「弘道」，則是「弘揚耶穌之道」，因為，我是一名傳教牧師。

其實我一開始接觸基督教是「別有居心」的。台灣在光復初期受到許多來自美國的援助，基督教、天主教等教會團體也開始在國內蓬勃發展，當時，年輕氣盛的我非常討厭這些外來宗教，認為不過是繼日本之後，另一個想對台灣進行文化侵略的洋人計謀。

這樣的想法，肇因於我就讀私立淡水英語專科學校（淡江大學前身）時，經常接觸許多盛氣凌人的洋人，一天到晚面對這些自認「高台灣一等」的洋人，讓我很不服氣，當時的心情是相當矛盾的，因為我來自一個大家族，卻在洋人面前變得好渺小，讓我總是憤怒，心中滿是自卑與自大，討厭與羨慕的複雜情緒。

在憤怒的情緒中，我也思考從清朝的八國聯軍、到日治時期及戰後的美援，都是因為我們缺乏歐美國家先進的科學與工業知識，才一再被統治、被侵略，為了「知己知彼」，我決定要好好學習英文，懂英文，我才能取洋人之長，來為自己的國家盡一份心力。

懷著這樣的豪情壯志，我除了在學校積極學習外，也發現另一個免費學習英文的好地方，那就是「教會」。為了對抗洋人，我去學英文；為了學英文，我走入教會，然而，原本叛逆反抗又憤怒的心，卻被教會裡的溫馨寧靜給收服了。

我永遠忘不了第一次參加教會平安夜活動的景象，那溫馨快樂的氣氛，深深吸引著我，那樣的溫煦是我在家中從沒有感受過的，我開始深切渴望尋求心靈上的寧靜，二個月後，我就「投靠」耶穌了。

弘道爺爺與他的家人。

弘道爺爺決定為教會奉獻它語文專長，替神服務。

我死了以後，誰來拜我？

我的老家在彰化縣員林鎮，我的曾祖父是大地主，祖父張清華繼承家業後發揚光大，他不但曾是繳稅金額高居全員林郡最多的大富豪，更在西元一九二〇年出任員林街第一任街長（現今的鎮長），可說是權傾政商兩界的重要人物。

大家族裡雖然生活無虞，但人口多、嘴也雜，加上祖父除了原配還納了妾，光鮮豪門背後，卻是數不盡的算計和明爭暗鬥，甚至連長工、婢女之間也常因主子不同而爭鬥不休，有錢有權卻不安寧快樂，加上我的父親年輕早逝，母親帶著我與幾個弟弟，戰戰兢兢地在大家族裡生活的，這是我對童年家族生活最深刻的印象。

我來自最傳統的家族，因此當我成為基督徒後，在所難免的掀起一陣大風暴，當時，家族中最有權勢的奶奶，氣到揚言與我斷絕關係。

奶奶一輩子吃齋唸佛，現在，卻出了一個不拿香的兒孫，這與她從小到大所理解的宗教觀念完全不同，她氣急敗壞的痛罵、質問我：「我死了以後，誰來拜我？你這個不孝子，以後家中的香火誰來拜？」

我們祖孫很長一段時間處在僵持不下的局面，直到奶奶腦中風造成半身不遂後，有一天，我發現奶奶睡著時，常常做惡夢，夢中似乎還面臨了死亡的威脅，讓我看了好難過與心疼。因為奶奶是個大好人，她一生努力積累福報，造橋鋪路無數，年節時總是發送大量白米救濟流浪街頭的乞丐，台灣發生神岡大地震後，她更請人製作數百件新衣服送給災民，一生行善的人，為何到頭來卻仍害怕死亡？

於是，我決定幫助奶奶，我不要她在憂鬱恐懼中離開人世，所以，我開始到她的床鋪邊跟她說話、拿飯給她吃，雖然奶奶還是給我臭臉看，甚至直接將頭別過去，但我沒有放棄，而且，開始以她所能懂的方式向他分享教義，最後連孔子、釋迦牟尼佛都搬出來。

有一天，我告訴她：「奶奶，妳這輩子做了這麼多好事，神會來接妳的！」那是她第一次正面回應我，她問我：「真的嗎？」一句話道出她內心迷惘、恐懼又帶著期望的心情，之後，她不再那麼排斥，甚至讓教會的牧師到她床邊傳道，還讓大家圍在她身邊唱詩歌。我相信，一輩子歷經大家族間權力鬥爭、大風大浪挑戰，努力捍衛自己尊嚴的奶奶，在她離開的那一刻，內心是真正獲得了安詳寧靜。

我看見了奇蹟

心靈有了宗教的寄託，工作上，我與兄弟們一起合開補習班，當時，我還想著若能透過開補習班賺大錢，將來我要做更多好事，我要設醫院、建教堂，不過，事業才剛開始，卻發生了我人生中最重要的轉折點。

中台神學院的牧師來信告知院裡很缺翻譯人員，希望英文能力不錯的我可以去幫忙。收到這封信時，我又開心又猶豫，心情很矛盾，雖然覺得可以更接近自己的信仰，並為自己信仰與認同的教會做更多事，但另一方面，我也擔心自己對聖經故事的熟稔度不夠，語文能力還未達爐火純青，是否真能勝任翻譯之職？此外，傳教工作薪水少、生活清苦，我真的要走這樣的路嗎？

面對內心的掙扎，夜夜向上帝禱告，祈求暗示與神蹟來指引我的選擇，但有時候又擔心所謂的「神啟」，只是自己的心理作用，所以我一直等待、一直祈求更明顯的「暗示」，否則，我若帶著一分的懷疑去做了選擇，我擔心自己會不斷為自己找後退的理由，最後就半途而廢。

在內心猶疑之際，我接到國防部的教召令，當時大學聯考即將到來，正是補習班最忙碌的時候，我卻要離開工作崗位，到成功嶺去接受軍訓，我當時告訴自己，或許是上帝要讓我有點時間好好思考吧！

教召時，有一天要打靶，大家都已經在靶場集合、整裝完畢，想不到卻下起滂沱大雨，但是，打靶行程並未受大雨影響而停止，我還記得就在快要輪到我上場時，我望著天空，心中向上帝祈禱著：「讓雨停吧！讓我看到祢給我的啟示吧！」

弘道爺爺、映美奶奶與兒孫們

在上帝的祝福下，相知相惜又相愛的弘道爺爺與映美奶奶。

我沒有想到，雨竟然真的停了！有那麼一瞬間，陽光穿透厚厚的雲層灑落在草地上，我看傻了眼，一回神，班長已經在催促我上場。

陽光很快又躲回雲後，大雨再度降下，我瞄準前方，鎮靜的擊出一發又一發子彈，但內心卻已激動到幾乎想跪下來，我看見神蹟了！大雨不斷落下，模糊了視線，我也已分不清臉頰上是淚水還是雨水了。那一場雨，改變了我的一生，我不再賺錢，要去賺靈魂了！在擔任教會英文翻譯後，我更全心奉獻給上帝，成為宣教牧師。

生命中的天使

信了耶穌，讓我找到人生的寄託與方向，更讓我找到牽手一輩子的人，透過教友介紹，我與妻子映美相識、相戀。兩個有著同樣信仰的人結了婚，是否從此過著王子公主般的幸福日子？答案當然是：不！

我們來自兩個完全迥異的家庭，映美是家中的大姐，下有多個弟妹，為了協助父、母親照顧弟妹，習慣說話直來直往；但我卻成長在一個政商大家族裡，我們說話習慣委婉，展現一種含蓄的禮貌，生長背景的差異，造成我們溝通方式大不同，生活中的爭吵也就不足為奇。

不過，我們努力去學習包容、體諒，尤其我們開始參與教會中的婚姻輔導團體後，在幫助別人的過程中，也讓我們更看清彼此的差異，也能以更寬闊的胸懷去接納彼此。

人生就是不斷地體驗與學習，我和映美之間的相處是這樣，我對自己生長土地的認識也是這樣。以前雖然曾經搭火車環島，那時候對台灣的美麗風景深深著迷，但透過這次弘道老人福利基金會舉辦的摩托車環島活動，十三天的時間，機車輪胎一圈轉過一圈，上山又下海、清晨到黃昏、大太陽與下雨天，我更深刻感受到土地的生命力，對這片土地也更懷有一份敬畏感，我很感恩在古稀之年，還有機會以這樣的方式對自己生長的土地進行這樣一場巡禮。

第八天（二〇〇七／十一／二十）

追夢軌跡　宜蘭縣蘇澳鎮「蘇澳大飯店」→宜蘭縣羅東鎮「悟之家」→宜蘭縣羅東鎮「瑪利亞仁愛之家」→宜蘭縣礁溪鄉遊客服務中心→宜蘭縣頭城鎮「頭城農場」。

追夢里程數　五十公里。（累計公里數：七八一公里）

歷經前一天的大挑戰後，今天可要讓不老騎士多點休息時間，好好養精蓄銳，才能繼續迎接之後的旅程，因此行程安排相當輕鬆。

上午九點半從蘇澳出發後，不老騎士們前往羅東鎮「悟之家」餐館，除了要享用美味日式拉麵之外，他們還有一項重大任務，那就是擔任「送餐大使」。不老騎士在餐廳員工指導下，戴上口罩、套上手套，開始打包便當，一陣手忙腳亂下，終於將美味可口的便當盛裝完畢，再由大夥兒一起送往提供老人長期照護的「瑪利亞仁愛之家」。

仁愛之家裡，騎士們送來了便當，也送來了愛心，溫暖每一位老人家的心；騎士們勇敢追夢的精神也鼓舞了許多老人家，一名行動不便的九十歲阿嬤更是開心的站起來迎接大夥兒，她說：「老了還可以像這樣，真得很好，我能做到的是，至少要站起來迎接你們！」

到了瑪利亞之家，不老騎士們繼續用他們的熱情，溫暖各地老人的心。

結束送餐任務，隊伍隨即拉拔至今晚將下榻的頭城農場，讓不老騎士多點時間休息。

抵達農場後，心情大好的騎士們疲倦退散、玩興大開，還有人提議要拍鬼臉大合照，結果沒拍到猙獰鬼臉，照片中出現的卻是一群活潑、勾錐的老男孩，這張合照後來也成為不老騎士紀錄短片宣傳海報。

隨後，老男孩們繼續在農場裡探險，有人玩起超大吹泡泡，有人在許願樹上寫下心願，而晚間的放天燈活動，更是不老騎士們的新鮮初體驗。寫了一手漂亮書法的王中天也自嘲一下，在天燈上寫下：「不老騎士王中天，一路摔車又感冒；十一十八到花蓮，越挫越勇讚讚讚」，望著天燈緩緩飄升至夜空，王中天的內心滿是無限感動。

他說，出發第一天就不小心打了盹而摔車，到了台東又感冒，真的很傷腦筋，不過，圓夢過程中，又是摔跤又是感冒，也讓他深刻領悟「沒有健康，人生的一切都將歸零。」

中天爺爺在天燈上寫下對不老騎士們的鼓勵。

事不求全，一半就好。人生何必太圓滿？

——**王中天爺爺**　生於民國十六年

我是王中天，我的本名叫王興墉；身份證上登記的出生年份是民國十四年，但我其實是十六年次；因為沒錢吃飯所以跑去從軍，沒有打過仗、沒有受過正規軍事教育，但我卻當上了中尉。

烽火年代下，這一切的「不真實」，卻是「最寫實」的時代標記！

那時候，我還叫王興墉

我的老家在中國山東省，我出生那年，國共內戰爆發，之後是八年對日抗戰，國、共聯手趕走日軍後，內戰再次爆發。

動亂中，我沒有想從軍，只想多唸點書，所以跑到濟南去讀私塾，直到民國三十七年，戰事吃緊，我在街頭看見國軍們忙著挖壕溝，有個軍人告訴我，有了壕溝，共軍的戰車就開不過來，但我看著那根本輕易可摧毀的壕溝，頭皮發麻，直覺大事不妙，當下就決定「先開溜」！

中天爺爺的太太來替不老騎士加油。

當時，流亡學生們不是往關東跑，就是下南洋，幾經思考，我決定往南跑，但南下到江蘇省後，身邊的錢很快就花光，沒錢吃飯，唯一的「活路」就是加入國軍。

我的人生在加入軍隊後，有了奇妙的變化。跟著軍隊繼續南下到安徽省，當時，國軍各軍團不斷在各地招兵買馬，隊上的少將長官希望我回老家山東去招些青年軍。我不肯，少將問我原因。我告訴他，穿著這麼一身寒酸、破爛的軍衣回老家去招兵，實在很丟臉。想不到，少將一聽馬上找來一套軍官制服讓我穿上，我才滿心歡喜的以軍官身份返北招兵。

回到山東後，我前往濟南尋找曾一起在私塾讀書的同學，透過他們再找上其他學長、學弟或青年朋友，他們看我一身帥氣軍裝，又聽聞軍中不愁吃喝，都忍不住心動，每天有越來越多人聚集到我身邊，聽我描述從軍的故事。

但樹大招風，雖然同為國軍，但各軍團基地不同，大家都在搶新兵，我從南方跑到北邊來招兵，擺明踩地盤，在地軍團的長官很快就找上我，我自知理虧，允諾搭翌日清晨五點的火車離開，軍官才沒找我麻煩，當時我心想，招兵之旅可能要空手而回了，但抱著死馬當活馬醫的想法，我還是匆匆忙忙找人去傳訊息：「願意跟我走的，明天五點火車站集合。」

想不到，最後跟我一起上火車的，竟然有二百人！

招兵成功，讓我獲得少將賞識，將我留在他身邊，並繼續協助在各地招募新兵。軍隊的生活比較穩定後，也讓我思考了一件事，共軍恐怕終將拿下北方，我的家人都還在山東老家，我卻加入了國軍，一旦共軍打進家鄉，家人可能會有麻煩，所以我決定改名避禍。

在思考新名字時，年輕氣盛的我一度想為自己取名「逾天」，但轉念一想，逾越了天，我比天還高，待在最高點，接下來就是往下掉，那可就不妙了。想了又想，人生或許求個中庸就好，所以，我這山東來的王興墉，就以「王中天」的新名字跟隨國軍一路南下。我沒想到的是，幾年後，我竟連出生年次都給改了。

民國三十七年加入國軍後，短短二年，軍隊一路南撤，這期間我跟著少將一路「打先鋒」，總是早軍隊一步，先前往各地招募新軍，結果竟然半場仗也沒打過，更別說參加任何正規軍事訓練，就這樣一路撤到了台灣。

下了船，踏在陌生的海島上，還來不及好好消化離家的傷感，以及面對新環境的新奇感，新的挑戰又來了。當時，孫立人將軍要派二十名軍官前往海南島接收其他來不及撤退的軍隊，一直很照顧我的少將把我納入前往接收的軍官之一，少將在準備上呈的名單中，將我列為「上尉」，但又擔心我年紀輕，可能引來質疑與麻煩，所以降一階，改成中尉，還讓我將年紀多報了兩歲。出發前，孫立人要閱兵，為軍官鼓舞士氣，但當時我連敬禮、立正動作都做不好，只好臨時找人幫我惡補，練習了一整天，好不容易才通過將軍的校閱，並領著船艦前往海南島接收軍隊。

這是我前半生的故事，一個讓我從「民國十六年出生，沒打過仗、受過軍事訓練的王興墉」變成了「民國十四年次出生的王中天中尉」的故事。

魔鬼軍官與女學生的愛情故事

我的新人生在台灣展開。

在高雄衛武營駐紮時，在朋友家中見到當時就讀三信高商二年級的妻子潘秀梅，穿著校服的秀梅，甜美羞澀的笑容，加上清新脫俗的氣質立即吸引了我，那時我常在放學時，躲在校門口，只要遠遠看她一眼就心滿意足。

當時，妻子的家族在屏東萬巒經商，是大戶人家，那年代可以將女兒送進三信高商就讀，沒有一定經濟能力還真辦不到，所以，他們對我這個彷彿斷了根的外省軍人實在沒信心。

我為了博取岳父認同，想起他曾在日治時代當過保正，所以，找來會說日語的朋友跟我一起登門提親，果然「策略奏效」，透過岳父熟悉的日語，而非陌生的外省國語，果真拉近雙方距離，岳父最終點了頭，但提出一個條件，要求我受洗成為天主教徒。

當時為了娶回美嬌娘，就算要我上刀山下油鍋都沒問題了，何況是信教，所以，我不但很快在

為了娶回心愛的妻子，中天爺爺當年可是想盡了辦法。

寫了一手漂亮書法字的中天爺爺，渾身散發出書卷氣質。

妻子老家的萬金教會受洗，還儼然成為虔誠信徒，一有空閒就跑到教會找神父聊天，但婚後就幾乎沒上過教堂，妻子又好氣又好笑的罵我是「魔鬼」來騙婚。

我在民國六十年代退役後，開過一陣子牛肉麵店，之後，跟著秀梅的腳步，到台中榮民總醫院擔任看護工作，夫妻倆看護生活中，印象最深刻的患者就是孫立人將軍。

我曾經接受過孫將軍的閱兵，當初，若孫將軍看不上我，把我刷下來，我的軍旅生涯與下半生又將是完全不同的風貌，所以，在我心裡，他是相當重要的人物，想不到，有一天秀梅告訴我，醫院請她去接一位患者的看護工作，她去了才發現竟然是孫將軍。自己深愛的妻子去照顧自己最敬重的大人物，這樣的巧合讓我格外興奮，也不斷叮囑妻子要好好照顧孫將軍。

七十歲的時候，我再次退休，離開辛苦的看護工作。人家說「人生七十才開始」，我也決定好好生活、好好「玩」。第一件事，就是跑去汽車駕訓班報名，當時，駕訓班人員看到滿頭白髮的我，還不肯讓我報名，我再三拜託之下，才終於給我機會學，最後雖然順利拿到駕照，但真要我開車上路，還是挺擔心，所以到現在都沒什麼機會上路。

除了學開車外，我也開始學寫書法，並努力研究寫書法的訣竅，也慢慢在書法界累積出不錯的名聲，日子快活又悠閒，但我心中卻還一直有個夢想沒有機會實現，那就是來趟環島之旅，將這座小島之美好好看一次。

一直沒有去環島，主要原因是不識路，加上自己不會說，也聽不懂台語，擔心到了南部，語言上可能無法溝通，所以，還是只能拎著從未發揮過功能的汽車駕照，一直將環島之夢放在心中。因為心存環島之夢，所以當我在報紙上看到弘道老人福利基金會要帶老人家去環島時，沒有多猶豫自己身體狀況行不行？危不危險等問題，馬上就報名。本來我對自己的體力相當有信心，但是體檢那天，發現報名的人那麼多，還真的很擔心不會被錄取，所以，接獲錄取通知後，我格外珍惜這個機會，行前集訓活動，沒有一場缺席。我沒有想到的是，我的「奇異旅程」比別人都更早展開，因為我遇到了一位讓人感動又心疼的志工大學生「小婷」。剛開始受訓時，每次活動，一到會場，小婷就帶著親切的笑容，上前對我噓寒問暖，到了活動後期，她的身影突然消失了，我很疑惑卻不敢多問，直到活動開始前，小婷現身行前記者會，我才知道原來小婷生病了。

小婷的父親因鼻咽癌過世不久，才二十一歲的小婷竟然也被檢查出罹患鼻咽癌第四期，小婷的家境不好，但她卻要將學校為她籌募的二萬元醫藥費捐給基金會，因為她說，要學習老人家們永不放棄的精神，我聽了之後，好感動又好心疼，怎麼會有這麼乖巧、勇敢的孩子？所以，我也私下在自己的書法班分享小婷的故事，果然也感動其他人，大家紛紛慷慨解囊，最後我們湊了一筆錢，捐給小婷當醫藥費。

歷經了長達半年的訓練，以及小婷的故事後，我的環島之旅終於啟程，信心十足的我，第一天就率先「滑壘」，一方面實在因為車速太慢了，加上向來有午睡習慣，所以，第一天下午出發不

久，周公老友就找上門，恍惚之中，我覺得好像飛了出去，原來地上的細砂與小石子讓車子打滑，雖然沒什麼大礙，只有手腳擦傷流了點血，但真的覺得很不好意思呀！

現在再回想那段環島旅行，真是一件很開心又好玩的事，偶爾有驚險，但更多時候是美麗的風景，加上溫暖而熱情的人們，伴著我們一路前行。我記得騎到基隆時，基金會安排我利用空檔去公共電視錄影，分享環島故事，當天一起錄影的勵馨基金會執行長紀惠容一看到我，竟然馬上給我一個大大擁抱，那種發自內心的真情與熱情，讓我覺得原來我們老人家也可以「被看見」、「被肯定」，也讓我覺得自己的生活越來越有意義了。

參與小燕姐節目的錄影，中天爺爺送上自己的書法作品。

我的石頭呢？

二〇一一年四月，我和弘道老人福利基金會執行長林依瑩一起上台北參加「小燕有約」節目錄影，當天抵達高鐵烏日站時，我就已經覺得不太舒服，有點想吐，本來以為是小感冒或吃壞肚子，想說忍一忍就好。強忍著不舒服，等到晚間七點要開始錄影時，已經在發燒了，但還不時打冷顫，真的很不舒服，但我告訴自己，這是展現「不老精神」的時候，我可不能丟不老騎士的臉，所以，我強打起精神，專心錄影，錄影結束後，我自己覺得很滿意，因為，我相信在那當下，應該沒人看出我生病了。

硬撐到回程的高鐵上，我已經全身發軟站不起來，依瑩擔心我的狀況，馬上通知醫院，所以我們一到站，救護車已經在待命，到了台中榮總，醫療團體也已經在等我，當時我覺得小毛病而已，還這樣勞師動眾，真的很不好意思。想不到，竟然是膽結石，要使用引流管將結石取出，這是我這輩子第一次生這麼大的病。

躺在病床上，我跟自己說，生、老、病、死，是「人」就一定都會經歷，現在我只不過是「蒐集」到「病」這一項了，沒什麼好害怕、擔心的，就算真的有什麼萬一，也只不過是全都體驗完了，人生也算是一個圓滿呀！

因為抱著這樣的想法，所以，手術後，當我從麻醉中醒來的第一句話是：「我的石頭呢？」家人跟護士都聽傻了眼，其實，我可沒病傻，只是想要把那顆折磨人的小石頭留做紀念，可惜，已經震碎丟棄了。

大病一場，最後還摘除膽囊，讓我對人生又有了不同的看法，住院期間，許w多朋友、學生們都來看我、關心我，我覺得自己很幸運，也很感恩，更深深覺得，人生已無所求，健康、快樂自在最重要。

第九天（二〇〇七／十二／二十一）

追夢軌跡 宜蘭縣頭城鎮「頭城農場」→宜蘭縣頭城鎮「大里火車站」→台北縣貢寮鄉「福隆遊客服務中心」→基隆市「龍洞灣公園」→基隆市「碧砂漁港」→基隆市「柯達大飯店」。

追夢里程數 七十五公里。（累計公里數：八五六公里）

摩托車環台活動進入第九天，不老騎士們在這一天告別東台灣，抵達北台灣，環台拼圖已經完成三分之二！

騎士們的故事也透過媒體報導傳遍大街小巷，小吃攤老闆看見穿著橘色ＰＯＬＯ衫的不老騎士們，熱情招呼，直說「儘管吃，老闆請客！」就連隨行護士前往藥局補充藥品時，也被藥局老闆認出是不老騎士團隊，所需藥品全部免費。

由勵馨基金會執行長紀惠容在公共電視主持的「尖鋒對話」直播節目，也提出專訪不老騎士的邀約，這可是不老騎士們首度上電視台接受專訪，最後決定由王中天爺爺代表參加。

陰雨天澆不熄不老騎士看到美麗北海岸的喜悅

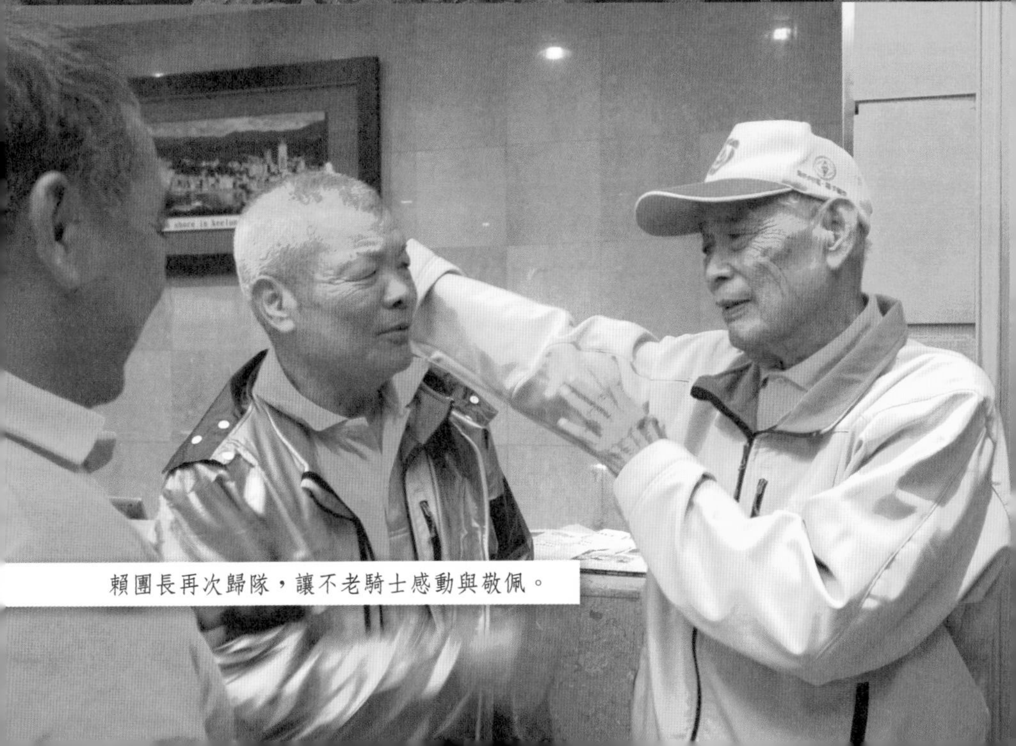

賴團長再次歸隊，讓不老騎士感動與敬佩。

節目中，參與討論的專家「斷言」，能參與環島追夢活動的老人家，都是「身體健康、有錢、有閒的老人」，事實上，十七位不老騎士中，有兩位曾罹患癌症、四位有重聽須戴助聽器、五位有高血壓、八位有心臟疾病，需按時服藥，而且幾乎每位騎士都和許多高齡長者一樣，深受關節退化之苦。

不老騎士們同樣家家有本難唸的經，唯一不同的是，他們多了份挑戰自我的勇氣和積極行動的決心，只要願意，每個人都可以是下一位不老騎士。

這天傍晚，當車隊抵達基隆市區將下榻的飯店時，眼前突然出現一個身影，引起所有人的尖叫、歡呼，團長賴清炎再次歸隊！

過去四天一直待在台中光田綜合醫院為自己健康努力的賴清炎爺爺，內心沒有一刻放下對不老騎士的關心，拿著行程表，想著車隊到哪裡了；透過新聞關注大夥兒的最新情況。看見大家走了九天行程，個個都還活力十足，他也開心又欣慰的直說：「大家都好棒！」

這一晚，不老騎士們除了開心迎接歸隊的團長之外，在隊伍中一直相當內斂寡言的黃財爺爺也格外顯的開心，因為基隆市裡，有許多他雙手打拚的回憶。

黃財爺爺說，不老騎士多數都是說國語的外省老兵，相處間難免因語言產生隔閡，但他本來就不喜歡說話，所以一路上倒也很享受這種團體中一個人的寂靜感。但回到了熟悉的基隆市，回憶不斷湧上心頭，他不自覺開始向夥伴們分享當年參與的高速公路工程，想不到大家全聽得目瞪口呆，讓他覺得很開心，無形中也拉近了彼此間的距離。王克嶺爺爺還學著用台語問他：「甲飽沒？」，黃財爺爺馬上也用國語緩慢的說：「吃飽了！」都怪腔怪調的兩人，讓忍不住大笑了起來。

旅行中自然而然培養出的情感，讓語言隔閡也消失了。

我會飛，我的一雙手就是翅膀！

——黃財爺爺　生於民國二十二年

我是黃財，我沒唸過書，我不識字，我不會說國語，可是「我會飛！」

我的一雙手就是翅膀，飛過重山峻嶺、飛過深邃黑洞，台灣經濟起飛的歷程上，刻著我飛過的痕跡。中山高速公路在基隆起點端那一座地標「華表」，有我雙手留下的汗水；隧道入口處上方的「大道之行」四個大字，可也是我的傑作！

逐工程而居的遊牧民族

我出生在彰化縣二林鎮的鄉下，那是個貧困的年代，生長在窮鄉僻壤裡，我的童年與書本沾不著邊，甚至可說沒有童年時光。十歲開始當牧童，幫忙照顧牛隻，農忙時還要操起鐮刀，下田收割稻作。小小年紀唯一學會的事就是，「想要活下去，就要不斷做！」

年紀稍長後，我離開家鄉打拚，當時中部橫貫公路工程即將展開，我在朋友介紹下前往谷關找機會，也從此展開我的土木營造生涯。我雖然沒唸過書，但我對自己的營造功夫可是相當驕傲，因

為這一身功夫是從基層紮紮實實學習、累積經驗而來，從最初直接用勞力搬運土石，然後學習使用各種機具，再到學習駕駛挖土機等各種工程車輛，然後才進一步學習工程工法與概念。

我沒有機會上學，但不代表我沒有上進心，我把握每一個機會，跟著那些比我有經驗的老師傅國外的工程專家，卯足勁將他們的功夫都學過來。不久後，我當上了工頭，還得了個「雷公」外號，在吵雜工地中，總是可以聽見我如雷般的大嗓門，吆喝著工人哪裡該注意？哪裡要怎麼做？其實，我這大嗓門也不是天生，還不都是為了與環境競爭。我二十歲開始踏入這一行，整整做了三十年，一萬多個日子裡，過著逐工程而居的遊牧生活，你問我「苦不苦？」，當然苦，但為了生活，還能怎麼辦？

在我參與過的重大工程中，最值得一提的應該就是中山高速公路位於起點端的大業隧道了。那裡最初只有一條興建於民國五十年的中興隧道，直到民國六十年才又挖鑿了全長約五百六十公尺的大業隧道（現為北上車道）。

我的工程團隊主要負責路面鋪設，可別小看這鋪路工程，要將道路鋪得平整又紮實，可要一番好功夫！當時，我們先在路基鋪上泥沙壓實後，再將燒熔成液態的瀝青均勻的倒上去，然後再灑上一層小碎石，期間為了不讓瀝青乾得太快，還要適時灑水，這些工法的時間點拿捏，沒有豐富的經驗可辦不到。

除了隧道路面鋪設之外，我印象最深刻的是位於起點端的一座地標「華表」，當年我也曾參與施作；甚至連懸掛於隧道口上方的「大道之行」四個大字，當年也是我趕在通車前一天，設計出懸掛方式並指揮工人將大字往石壁掛上去。

雖然早年那四個大字的懸掛方式目前已經更換，但傲然矗立於起點端的華表依舊，每次開車經過，心中總是充滿無限回憶與成就感。下次當你有機會經過大業隧道、有機會去拍攝那頗具特色的「華表」時，可別忘了「不老騎士」的老爺爺裡，也曾有一名參與工程的「無名小將」呀！

夏暖冬寒的山居歲月

結束高速公路的隧道工程後，我繼續在全國各地「趴趴走」，哪裡有工作就往那裡跑。民國六

○年代，我再次參與了印象深刻的浩大工程，石門水庫上游的「榮華計劃」，該計劃包括興建榮華水壩與義興水力發電廠，我承接的是義興發電廠土建工程。

發電廠位於北橫公路的崇山峻嶺間上，對外交通僅一天兩班公車，當時帶著妻子抵達工地時，首要克服的就是惡劣的居住環境。簡陋的小工寮「夏暖冬寒」、「外頭下大雨，裡頭滴小雨」，跟著我吃苦多年的妻子也幾乎受不了；加上剛加入工作團隊時，大字不識半個的我完全被瞧不起，能力更是倍受質疑，那時可真是面臨了「內憂外患」的大挑戰。

初抵工地時，整個工程都還在準備階段，我利用時間四處勘查地形，並針對未來的施工，展開一連串前置作業，包括在溪流兩岸搭設流籠，準備將來運輸施工材料，當我忙著這些工事時，其他工作團隊的「專家」們，甚至是營造廠負責人都在背後恥笑我，認為我就是沒有真功夫，才需要花這麼多時間做這些「蠢事」，我架設的流籠更被笑說：「撐不過三天」。

「士可忍，孰不可忍」，當時我真的氣壞了，妻子也勸我乾脆放棄，因為孩子們也都大了，不需要再那麼辛苦，住的環境那麼差，還要被瞧不起。

我當時確實一度想放棄，但轉念一想，我告訴自己：「那些笑我的人，功夫根本沒有我好，他們都能待下來了，我為什麼不能？」憑著這樣的信念，以及「一定要讓你們刮目相看」的骨氣，我決定留下來用實力，讓那些看不起我的傢伙好好見識一下。

工程展開後，我因為有了完善的前置作業，施工進度相當順利，被笑說撐不了三天的流籠不但「堅守崗位」到最後，也對整個工程團隊提供莫大的幫助，我身後的笑聲悄悄停止了，越來越多的是一份說不出口的敬佩眼神。

我前後花了五年時間參與這個工程，我也一次次展現實力讓那些原本看不起我、恥笑我的人，羞愧的閉上了嘴。

洗菜妹變身大廚娘

說起我這有如遊牧民族般的工程歲月，背後最要感謝的還是一路陪著我吃苦，為我擔任起「最佳後援手」的牽手黃洪玉蘭，我倆說來也是命中註定的緣份。

妻子是父親挑的，但父親原來要看的女孩並非阿蘭，而是一名裁縫師。當時父親和其好友專程跑到隔壁鄉鎮要看那個女孩，想不到女孩不在家，兩人只好先去朋友胞姊家中休息；而當時本來應該正在田裡幫忙的阿蘭，那天卻留在家裡，還抱著一籃青菜在戶外清洗。

父親在友人姊姊家門口看見阿蘭，立刻看上了眼，將本來要看的裁縫姑娘忘在腦後，要求朋友幫忙說親事，但當時不知哪裡出問題，最後並沒有成功，之後雙方也各自繼續尋找嫁娶對象，卻一直沒遇到適合的人，最後媒人想起阿蘭，提議雙方家長再談一次，想不到就成了。

黃財爺爺的兩個最愛，太太與摩托車。

黃財爺爺引以為傲的「華表」

出生鄉下農家的阿蘭勤奮又耐操，我帶著一班工人在外打拚，她也一肩扛起所有工人的伙食。我們曾在新店接了個堤防工事，當時參與的工人高達上百人，一開始其他工頭的工人們都是吃便當，後來看我們這邊的工人每天吃得好，也希望繳錢搭伙，我原本擔心阿蘭忙不來，想不到她吭都不吭一聲，一肩扛起百人午餐，每天一早先到菜市場買了魚跟豬肉後，回家慢慢殺、切、烹調，青菜則直接由菜販送到工寮。

現在回想起來，我這老牽手實在不簡單，誰料得到當年父親看中的洗菜妹，之後竟然化身為大廚娘，成為我與工人們最重要的「夥伴」，沒她來照顧我們的胃，我們可也沒有力氣為台灣經濟打拚呀！

好友＋重機＋旅行＝美好人生

我年輕時除了工作，最大的樂趣就是騎著重型機車，載著妻子，跟著好友一起「趴趴走」。我到現在都還珍藏著一部五佰ＣＣ的ＢＭＷ重機車，每次擦拭、保養機車時，過往的美好回憶就逐一浮現。

當年，有一個比我更著迷於重機車的好朋友老趙，我倆曾騎著機車繞了半個台灣，我們一路南行，再轉往東部，最後從中橫回到台中，那段日子可真是逍遙又快活。但十多年前，老趙生病走了，失去最佳「騎友」，我好像少了一隻手，我不識字，認不得路，沒了老趙陪伴，我也比較少騎車亂跑。

不過，許多朋友都知道我愛騎車，所以當弘道老人福利基金會要舉辦摩托車環島的消息見報後，朋友打電話叫我去報名，我聽得一頭霧水，找來兒子幫我讀報紙，一聽到是要幫老人家舉辦摩托車環島活動，向來不喜歡參加老人團體活動的我沒有第二句話，馬上就報名。

說真的，我不認識字，加上不喜歡說話，所以幾乎沒參與過任何社區老人活動，想不到卻有機會趕上這一場難得的環島之旅，讓我再次感受到人生的美好，我覺得很幸運也很感謝。

第十天（二〇〇七／十一／二十二）

追夢軌跡

基隆市「柯達大飯店」→基隆市政府→台北縣萬里鄉「崁腳村活動中心」→台北縣石門鄉「老梅國小」→台北縣淡水鎮「福來餐廳」→台北縣淡水鎮「渡船頭」→桃園縣蘆竹鄉「南崁娛樂購物中心」→桃園縣政府→桃園市「今日飯店」。

追夢里程數

一一三公里。累計公里數：九六九公里

追夢的腳步來到第十天，不老騎士們紅了！龐大的車隊從出發時的沒沒無聞到此刻，只要一碰到停等紅燈，總是吸引許多民眾、機車騎士用手機、相機拍下盛況；路途上，人們也不斷朝著不老騎士們高呼：「加油」、「你們好棒」。

不老騎士彷彿成了明星，而他們的光芒甚至連真正的明星也折服！

傑星娛樂經紀公司旗下藝人張本渝、張天霖、梁又琳與姚元浩就讓這群爺爺奶奶們的不老精神給打動，特別前往淡水碼頭為不老騎士們加油打氣。張天霖與姚元浩還騎來重型機車與復古偉士牌機車，以車會友，向不老騎士們致敬。

老梅國小師生熱情迎接不老騎士

不老騎士與機車齊渡淡水河，
繼續馳騁圓夢去。

藝人到淡水鼓舞不老騎士，
讓映美奶奶有場重機初體驗。

活動中，張天霖用重型機車載著張陳映美奶奶騎了一小段路，首次坐重型機車又讓帥氣大明星搭載的映美奶奶既緊張又興奮，滿臉嬌羞笑容，還開玩笑的說：「有心動的感覺呢！」

而向來喜愛古董機車的黃財爺爺也忍不住手癢，徵求同意後，跳上姚元浩的復古機車，親自感受老車新魅力。

告別大明星後，等著不老騎士們的是另一場大驚奇，他們將體驗「連人帶車」一起上船過河的渡輪之趣！

見過許多大風大浪的不老騎士們對於把摩托車騎上渡輪，再橫越淡水河到對岸的八里這個小行程，充滿好奇與新鮮感。李達基爺爺更是笑得像個男孩般的說：「軍艦我可坐過，但搭乘淡水渡輪還真的是第一次，太又趣了。」

隨著清爽海風拂過，年輕的工作人員們領著老玩童們學起電影鐵達尼號中的經典橋段，在船頭擺出比翼雙飛姿態，短短幾分鐘的渡輪之旅在歡笑聲中落幕，渡輪靠抵八里碼頭，不老騎士們回到「陸地」，繼續南行。

陰雨天中，不老騎士穿越美麗北海岸

人生就是一場馬拉松

——吳敬恆爺爺生於民國十七年

我是吳敬恆，我喜歡慢跑，參加過好多次馬拉松比賽。人生就像一場馬拉松，你要以無比的毅力與勇氣撐過「撞牆期」與低潮，才能獲得抵達終點的快樂；所以，我從八二三砲戰的激烈爭戰中活下來，又在九二一大地震中逃過被房屋壓垮的噩運，我心存感謝也珍惜自己所擁有的一切。

撿砲彈碎片的夜晚

我的從軍歷程和我這個年代多數軍人沒什麼兩樣，幾乎是「標準規格」的故事，家鄉在戰爭中淪陷，四處流亡下，最後因沒錢吃飯而加入國軍，並於民國三十八年跟隨軍隊撤退到台灣。

初期的軍旅生活，雖然不斷在緊張局勢中遷移，倒也未真正經歷過生死交關的激烈戰爭場面，直到民國四十七年在金門碰上那場「驚天地、泣鬼神」的八二三砲戰。

當年，我參與的部隊原本已經要移防回台灣，卻因戰情緊繃、一觸即發，移防時程一延再延，想不到還沒盼到回台灣，戰爭就爆發。回想戰事初啟時，那轟天砲雷有如暴雨般瘋狂落下，就算有

與小二十歲的妻子相知相戀結婚。

三顆膽也不夠嚇。當時，軍隊立即進入戰爭狀態，士兵們發了狂地猛挖掩體，我手上那把十字鎬的鐵鎬竟在短短時間內，被土石磨去了一大截。

你知道身處在那場戰爭中，真正可怕的是什麼嗎？不是砲彈擊落時發出的巨響或引燃的紅紅火光，而是那「咻！咻！咻！」砲彈劃空而過時，與風兒共譜的「死亡之音」。

每次「死亡之音」響起，你知道危險來了，但你卻不知道這次是否能安然度過，總要等那砲彈落地後，你才能稍喘一口氣，但一口氣都還沒換完，「咻咻咻」又再響起，那些年就在這樣的恐懼循環中度過。

這條小命最後能保下來，我只能說是上蒼庇佑。戰場上，你永遠不知道下一刻會發生什麼事。一名連長本來待在專屬小屋裡休息，卻突然決定出門散個步，想不到才剛離開，一顆砲彈直接擊中石屋，將石屋炸到稀爛；還有幾個士兵原本在下棋，想不到吵了起來，不歡而散，下一刻，原本士兵下棋的空地竟然落下一枚砲彈，硬生生將地面炸出一個大凹洞。

死裡逃生的故事聽多了，慢慢地也不再那麼害怕，戰事進入「穩定」狀態後，為了賺點零用錢，也開始和同袍一起利用夜間停火時間，溜到各地去搜尋、撿拾砲彈碎片，再回賣到部隊裡，當時一公斤可以賣十元，相當好賺，所以，每晚都要發揮「眼觀八方、耳聽四面」的功夫，一邊摸黑尋「寶」，一邊要隨時注意遠方是否又突然響起那駭人的死亡之音。

信封裡的無價親情

歷經砲戰後，我在民國六十二年退役，終於慢慢過起安穩的生活。先是考上學校行政人員，民國八十二年退休後，和妻子拿出畢生積蓄在台中縣大里市龍閣社區買了房，夫婦倆日子過得清閒、愉快，我也與在中國老家的親人聯絡上，一有機會就和妻子回老家度個小假。

然而，巨變總是來得又快又突然，就如那一年，飛天而來的索命砲彈般，但這一次，我沒有完全躲過。民國八十八年九月二十一日，我和妻子正在北京旅遊，台灣卻陷入一場天搖地動的百年巨震中，我與妻子辛苦建立的家，在那場巨災中毀滅倒塌。

誰能料到，出門旅行之後，竟然再也沒有家可以回了。

拎著行李回國後，回不到溫暖、舒服的家，展開的是一場與時間、勇氣的賽跑，那時候，我已年近七十歲，卻什麼都沒了，一切要重新來過，但我知道再怎麼怨天尤人、再怎麼不甘心，失去的也回不來，所以，我打起精神，四處奔波，一邊忙著處理倒塌房屋的事情，一邊找房子、找工作。

那些日子，雖然心力交瘁，但卻也感受到來自親友們的真摯情感，當時有一個好朋友，不忍看我們夫妻倆一直窩在小旅館中，堅持將我們接到他們家裡暫住，那段期間，床讓給我們睡，他們夫妻倆卻自己打地舖。

或許在九二一大地震中，我失去多數的財產，但我卻也發現無價之物，除了不離不棄的友情，還有失而復得的親情。

震災後，我的經濟狀況不若以往，回想第一次訪鄉探親時，那可真是風光又大手筆，我們準備了二十四對金耳環、十六個金戒子送親友，每個兒孫各發二百元美金；但災變後，雖然有機會還是會回老鄉探親，但也沒辦法再像以前那樣闊綽出手了。

我與妻子悄悄承受著經濟能力的轉變，想不到全看在外甥女眼中，有一次探親後要返台，外甥女拿了個信封請我轉交給妻子，還再三叮囑上機之後才能打開。

登機後，打開信封，裡頭是二千元美金，金額或許不是非常龐大，但對身處老家的親人們而言，卻已經是很大的一份心意，當時，拿著信封的雙手忍不住顫抖，一把老淚盈滿了眼眶，感動又欣慰，人生有如此這般的無價親情，已經是最大財富了。

敬恆爺爺期望有天能夠開書法展

八十歲的環島進行曲

走過震災巨變，我們的日子終究是慢慢穩定了下來，我多數的時間都花在志工工作，幫助那些和我一樣在震災中面臨打擊的人們重新站起來；其他的時間裡，我喜歡寫書法、喜歡逗著可愛的外孫女，聽她唱歌，這就是最美好的人生。

但一件更美好的事情悄悄降臨。那就是參與弘道老人福利基金會的摩托車環島公益之旅，從沒想過八十歲的我還能「轟轟烈烈」的去實現一個夢想。

雖然家人擔心我的體力無法負荷，但我從民國六十二起就開始有慢跑習慣，還參加過多次舒跑盃路跑活動，「底子應該還不錯」。

雖然對體力有信心，心愛的老婆也跟著我一起出發，讓我對整趟旅程充滿了信心與期待，但行程展開後，新鮮感慢慢消失，取而代之的是逐漸累積的疲憊；騎到第三天，因為長時間維持騎車姿勢，雙手越來越酸、越來越沉重；到了第四、第五天更是倍感辛苦，要努力打起所有精神對抗疲倦之魔。

十三天的行程，對我們這些老人家而言，不但是生理上的大考驗，更是勇氣與毅力的大挑戰，但支撐我們完成這個夢想的，還是整個讓人感動與欽佩的工作團隊。

基金會的工作人員與大學生們總是提供我們無微不至的呵護，我還記得在台東市時，大家忙到很晚才休息，當時志工們找不到快洗店幫我們洗、烘衣服，這些年輕的志工們雖然也都很累了，但他們二話不說，捲起袖子就幫我們把衣服全都洗乾淨。

一路上哪裡要加油、那裡要休息，有沒有吃飯？累不累？渴不渴？總是隨時有人關心著，能與這麼有行動力而傑出的團隊一起完成夢想，還認識了許多好朋友，真的是我人生中最美好的一段回憶。然而，環島留給我的不只是美好記憶，更重要的是讓我重新肯定自己，讓我相信自己依然有堅強的毅力去追逐夢想；但我也同時也深刻感受，健康才是人生最大的本錢，有健康的身體，才能繼續實現夢想，才能做很多快樂的事。

第十一天（二〇〇七／十一／二十三）

追夢軌跡　桃園市「今日飯店」→桃園縣中壢市「壢新醫院」→桃園縣楊梅鎮「台塑太平加油站」→新竹縣湖口鄉「湖口老街」→新竹市香山區「頂埔國小」→新竹市「今世紀大飯店」。

追夢里程數　七十六公里。（累計公里數：一〇四五公里）

摩托車環台活動悄悄向著終點邁進，這一天，不老騎士的環島里程數突破一千公里，距離夢想達陣，只剩一百七十八公里！

相較於前些日子動輒百餘公里的行程，最後這三天，不老騎士們快樂「輕鬆行」，他們在中壢市「壢新醫院」享用了精緻點心、學會了毛巾伸展操；他們也前往新竹縣湖口老街散散步，悠閒的緩下腳步，逗弄長廊下的黃色大花貓。

而在前往新竹市頂埔國小時，全校師生列隊歡迎，幼稚園的小娃兒將自己親手編織的迎賓花環套在爺爺奶奶們的脖子上，看著娃兒們天真笑容，聽著他們稚嫩的喊著「爺爺好……」那一刻，不老騎士們發現自己「想家、想孫子了」。捨不得即將落幕的旅行，卻也思念著家人，不老騎士們的內心裡，五味雜陳……

頂埔國小孩童打鼓歡迎鼓舞不老騎士

那件橘色T-Shirt帶給我的勇氣

——李達基爺爺　生於民國十七年

我是李達基，我今年已經八十六歲。我經歷過八二三砲戰，當時還曾不顧滿天砲聲隆隆，躺在壕溝裡睡了一下午，現在回想，當時真是天真又大膽！而現在的我，最大興趣就是看電視購物頻道，然後買回一大堆健身用品，想像自己身體還很強壯，什麼運動都難不倒！別笑我，人，總是要有夢想嘛！

生死有命，富貴在天

和多數不老騎士的夥伴一樣，我出生在戰亂的年代，老家在廣西省玉林縣的鄉下，父母是苦實的農人，總以為戰火遠在天邊，我們守著一小塊農地，求得一家溫飽就是動亂年代中最大的幸福。

但是，父親最後卻死於共產黨員之手，哀傷欲絕的母親跟著跳水自盡，從此家破人亡，我也在高中畢業後，離開家鄉，進入軍隊，並於民國三十八年跟隨國軍來台。我記得我搭的軍船在八月二十二日抵達高雄港，想不到相隔一天，八月二十三上午就發生高雄港史上相當悲慘的大爆炸慘案。軍用船「眾利輪」不知何故發生大爆炸，威力強大，不但炸毀十多座碼頭與船隻，死亡數更高達七、八百人，當時曾有傳言指出，船上有共匪滲透並策劃了這起爆炸事件。

爆炸真相為何，眾說紛紜，而我每次回想這起爆炸案，就覺得自己真得很幸運，要是自己搭得船晚一點抵達，我可能也會直接遇上那起大爆炸，小命能不能保得住都還很難說。

說起我的福大命大，就不能漏提了八二三砲戰。我還記得民國四十七年八月二十日，戰火已處在一觸即發的緊繃情勢，蔣公到金門視察軍隊時，還特別提醒、要求所有士兵，即刻起鋼盔要二十四小時不離身。

但帶著一個笨重的鋼盔四處跑，實在又累又不方便，許多同袍都「偷工減料」，只將內盔隨身攜帶。

八月二十三日傍晚，我和幾個同袍吃完飯後，相約一起進市區，我們當然只帶「輕便型」內盔，想不到離營不久，砲戰就爆發，如雨點般落下的砲彈當場把我們嚇到腿軟，趕緊戴上內盔奔逃回營，一路上爆炸聲四起，砲彈碎片、被炸毀的磚石瓦礫四射，當時心裡一邊喊著「老天保佑」，一邊也想著「老總統，你的話我不敢不聽了！」

砲戰持續到十月十三日，共軍宣佈停火兩週，我當時負責民防方面的聯絡工作，所以趁著停火期間，常常來回奔波營區與市區之間。想不到，說要停火兩週，但只停了一週，十月二十日當天下午四點多，共軍突然又恢復猛烈砲擊，我當時在回營途中，嚇得趕緊鑽入最近的壕溝裡躲避砲火。那時，其實砲戰已經接近尾聲，打了近二個月，對於隆隆砲聲我也習慣多了，結果，躺在壕溝裡，「砰砰砰」打不停的砲聲，竟成了催眠曲，伴著滿天砲火聲，我沉沉睡去，直到砲聲停了，我才悠然醒來，拍掉身上泥塵，揉揉睡眼，慢慢走回營區。

事後回想，還是覺得自己當時膽子實在大了些，但轉念一想「生死有命，富貴在天」。老天要留我，就連只戴著內盔躲砲彈，我都毫髮未傷；但老天要帶你走時，我當時幾位同袍，開快車躲砲彈，沒被炸死，結果卻先撞死了。

神槍手，跨海射中愛人的心

我年紀大了，雙腳行動不太方便，但我的視力還好得很。剛來台灣時，我曾經參加軍隊射擊比賽，總決賽時，孫立人將軍及所有長官都來觀賽，看到那麼多長官將注意力全都放在我這小兵身上，可真是緊張到雙手忍不住直發抖。最後我努力穩住心情，專心展現神槍手實力，終於抱得一面銅牌。獲得銅牌的喜悅是其次，最大的驕傲是，這面獎牌是在大將軍孫立人面前獲得的！

至於我的射擊實力怎麼造就而來，說來也是趣事一件。我曾經被派往馬祖駐紮，當地很多麻雀喜

歡啄食稻子，農民很都傷腦筋，當時，我和同袍們決定「為民除害」、展現國軍愛民精神，於是利用晚上休息時間，帶著手電筒加一根竹竿就去「打」麻雀，也忘了是從哪弄來一把空氣槍，更成為打鳥利器，曾經一晚打下八十多隻麻雀，說真得，當時究竟有沒有替農人們紓解鳥害，我不知道，但我的射擊實力卻因此大為提升是可以確定的事。

我這神槍手實力有多強？那可強到有如愛神丘比特的箭一般，直直飛躍一道海峽，射中我愛人的心！我到台灣之後，叔叔帶著我的弟妹與一些親友逃到了香港，當時，香港是英國屬地，並未淪陷，所以與台灣之間的聯絡比較容易，叔叔抵港後，隨即透過管道在台灣的中央日報刊登尋人啟示，幸運的讓我看見了，才終於與親友們取得聯繫。

當時，妻子也跟著她的家人到了香港，大家都是同鄉，相互之間多有照應，透過書信往返，我得知家鄉，有著一雙大眼睛的姑娘也在香港，本來還想將妻子介紹給好朋友，想不到，我與妻子書信往返之間，俏皮生動的文筆打動了她，結果，媒人沒當成，自己卻起了新郎倌。

我倆隔著海峽，用情書談了兩年戀愛，妻子還曾為我打了件毛衣。跨海寄來的毛衣，想必是格外溫暖，可惜我剛好移防到金門，結果，心意我收了，毛衣的溫暖則讓同在台灣的堂弟給搶了去。民國五十年間，台灣局勢更穩定後，妻子終於來到台灣，我倆也在民國五十三年結婚，愛神的箭，終於將我倆串在一起！

我最愛的T-Shirt

我的祖父是中醫師，小時候跟著他學了些技術與知識，所以退休後，閒著沒事做依靠著早年學來的知識，我到住家後山去採草藥，在家門口的公車亭賣過青草茶，也開過跌打損傷館，每天用茶油加草藥，熬煮八小時製成藥膏。

但隨著時代改變，山上的草藥少了，醫療也更進步了，我將跌打損傷館收了，我不喜歡參加社團活動，多半時間都在家裡含飴弄孫，直到有一天，我在報紙上看到弘道老人福利基金會要舉辦老人機車環島活動，覺得這個活動很有趣，馬上決定報名。但孩子們澆了我一大桶冷水，擔心我無法負荷長達十三天的旅程，大家都反對我參加，我天天跟他們吵，最後終於說服他們讓我報名。其實

神槍手達基爺爺（前右一）跨越海峽一箭射中嬌妻的心！

我知道孩子們抱著「一線希望」，認為我不會錄取，我們天天在家苦等「好消息」。最後終於傳來「好消息」，我錄取了！

那年的環島之旅，是我第一次參加一個全然陌生的團體所舉辦的活動，感覺很新鮮、有趣，我真的很感謝基金會舉辦這樣的活動，為我留下最美好的回憶！旅行回來之後，我幫全家人都買了件印有不老騎士的橘色T-Shirt，只要參加基金會的活動或其他重要的活動，我一定要穿上這件衣服；只要接到弘道工作人員的電話，我的心情就美麗了起來，還被兒女們笑說，平常臉都很臭，但只要和弘道工作人員聊天，就開心得好像在跟女友聊天一樣眉開眼笑。唉，這也是沒辦法的事呀，因為，旅行回來不久後，我的雙腳就越來越不良於行了，那次旅行，可是我這老年生活中最美好的回憶呀！

為了有機會再參加一次弘道舉辦的環島之旅，我一定要好好鍛鍊身體，所以，我特別喜歡看電視購物台介紹各種運動健身器材，看到電視裡的模特兒輕輕鬆鬆就能運動強身，我也忍不住一樣樣買，什麼美帶子、搖擺機，甚至曾買過一部跑步機。雖然我現在拄著拐杖，但我還是覺得或許有一天，自己也可以站上去跑一跑呀！但顯然我的家人們都不太相信，所以，跑步機被退回了。

好吧，我還買過一樣東西，我想確實是有點太異想天開了！那就是男孩子們用來鍛鍊胸肌的滾輪，就是那種趴在地上，將一個輪子往前推，再利用腰部、手臂的力量將輪子往回拉的運動器材。

唉，別笑我了，我想我還是每天早上起來，認真的甩甩手比較實在一點吧！

第十二天（二〇〇七／十一／二十四）

追夢軌跡　新竹市「今世紀大飯店」→苗栗縣頭份鎮「永貞宮」→苗栗市「安瀾宮」→苗栗市「大千醫院」→苗栗縣三義鄉「福田瓦舍」。

追夢里程數　七十一公里。（累計公里數：一一二六公里）

林依瑩：「我們都將因為平凡而偉大，因為我們有夢！」

環台之旅即將在明天劃下句點，這一天的夜裡，工作人員籌畫了不老騎士之夜，志工們將螢光棒繞成一個頭圈戴在不老騎士頭上，還搭起人體拱門，高聲歡呼每一位不老騎士的俏皮綽號：賴皮、寶爺……依序登場。

活動中，工作人員、志工、不老騎士們分享連日來的心情與感想，依依不捨的離別之情，讓大夥兒全都紅了眼，互相送上一個熱情的擁抱，相約著下一次的見面。

林依瑩也紅著眼與騎士們鼓舞相約：「這不是終點，我們還有下一步……」

她告訴不老騎士，外界總以為基金會是萬中選一，挑出一批身強體壯的超級戰士來圓夢，事實上，如果依照健檢標準，現在的成員中有三分之二都不能來，大家原本都是平凡小人物，但在明天之後，不老騎士們將因平凡而偉大，因為你們有夢，而且勇敢追夢！

溫馨的會場裡，團長賴清炎爺爺卻悄悄離了席，一個人走到庭院裡。望向天空一輪明月，他內心有著滿滿的感動與感慨，他說，這群八十歲的老人家真的值得了。

會場裡，也響起了音樂聲，學生志工唱起紀錄片團隊撰寫的歌曲「路途」：「……OhHey～風雨我不驚，OhHey～路難走也要走，OhHey～日頭要下山，OhHey～有你來作伴……」燭光之中，響亮清澈的歌聲傳進了每個人的心坎裡……

不老騎士的旅程即將完成

不老騎士環台圓夢拼圖剩最後一站-台中

一張糧票帶來的生命中難以承受之輕

——石玉寶爺爺　生於民國十八年

（全文整理自：寶爺妻子石林涼子、媳婦方素琴、女兒石長江、女兒石鎮江、孫子石學昂口述）

我的父親石玉寶，大家都稱呼他「寶爺」。他一直都挺喜歡這外號，因為他正是出生在一個富裕的家庭裡，若不是當時遇上戰爭，或許他還真能成為「老爺」了。不過，父親不但沒有成為老爺，反而險些困死在越南叢林間，一生可說是高潮迭起！

我的父親早團長一步，在二〇一〇年六月，先到天堂報到了，想必他們正在那一同下棋吧！

打耳洞保小命的大少爺

寶爺出生在江蘇鎮江的商人之家，那是一個孩子不好養、容易夭折的年代，寶爺出生前，家人為了替他積福德，花很多錢買來小魚兒放生；他出生後，不但打了厚厚的「金鎖片」讓他戴著，希望象徵富貴的黃金，可以緊緊將他的身體與靈魂繫鎖住，最後甚至幫他打了耳洞，希望讓索命鬼差以為他是女的，身體「破了洞」不值錢，才不會早早將他帶回地府去。

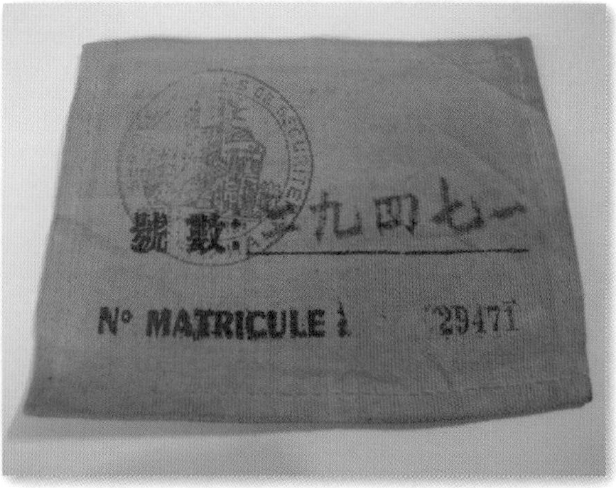

握著糧票，寶爺就有勇氣面對所有困難。

家人無所不用其極的保護這個孩子，終於，寶爺也夠爭氣，成為家中第一個健康存活下來的男孩，家人開心之餘幫他取個小名「魚寶」，因為寶爺的家人相信是那些放生的魚兒帶給寶爺福報。

寶爺原名「石養齋」，後來在戰亂中為了更名避禍，改名「石玉寶」，取得正是「魚寶」的諧音。

在家人呵護之下，寶爺小時候可真是威風，出門在外身邊都有傭人幫忙打理事情，喜歡四處遊耍玩樂的他只要錢花光了，直接回家往放錢的抽屜伸手抓了把錢，就又往外跑，寶爺的母親一發現，又氣又急在背後大罵他「討債鬼」時，寶爺早已溜到不見蹤影，非要把錢都花光才肯乖乖回家。

貪玩又調皮的寶爺有個快樂的童年，直到八歲那年，無情的戰爭才首度在他心裡烙上陰影。民國二十六年，在距離鎮江不到七十公里的南京發生慘絕人寰的「南京大屠殺」。當時，太多可怕、慘絕人寰的故事不斷傳進耳裡，嚇壞了年幼的寶爺，也讓他一輩子都痛恨日本。

就算戰爭早已遠去，在他往後的歲月中，他不去日本玩、不吃日本料理，不准家人看日劇，有一次，家人帶他去泡溫泉，一看到飯店提供和服與木屐讓客人泡澡後穿著，寶爺當場臉都綠了，之後，誰都不敢再說要去泡溫泉。

童年在日軍侵華戰爭中悄悄結束，寶爺的家境也隨著瞬息萬變的時局慢慢沒落。想不到，好不容易撐過了對日抗戰，更激烈的國共內戰卻再次爆發。

身為石家的長子，家人擔心寶爺安全，在他十八歲時，透過關係將他「寄放」到軍中去，托給當時國軍的南京區司令照顧，母親在他離家時，還在一件棉襖內裡縫了許多銅錢與金鎖片，結果，一心以為很快可以回家的寶爺，沒多久就把錢花光光，最後連全身唯一值點小錢的皮帶都賣掉。

錢花光了，戰爭卻沒有結束，他也沒有回家，反而在跟隨軍隊東征西討之中，離家越來越遠。

生命中難以承受之輕

生性開朗樂觀的寶爺，在激烈戰爭之中，也被迫收起了那一份天真，殘忍的面對一個「我不殺人，人要殺我」的真實戰爭，拔起刀、拿起槍，閉上眼開槍、廝殺，不是為了仇恨而殺人，只是為了「活下去」。

寶爺跟隨的部隊由黃杰將軍帶領，民國三十八年部隊敗退、受困至廣西後，打算「借道越南、轉進台灣」，當時還與仍統治越南的法國簽下協定，想不到，部隊進入越南後，法軍卻毀棄雙方協定，不但收繳國軍槍械、武器，更將三萬多名國軍送至富國島，將部隊軟禁在小島上，任其自生自滅，直到民國四十二年，這批孤兒國軍才在政府多方交涉後，抵達台灣。這就是國軍歷史上相當特殊的「富台部隊」。

受困越南的四個年頭，是寶爺這一生最不堪回首的痛苦歲月，先是越南叢林間的瘴氣，再來是小島國上，幾乎要將人烤乾、燒成炭的炎熱天氣，惡劣的環境，讓身邊的同袍們越來越虛弱，痢疾等各種傳染病在部隊之間大流行，看著一起出生入死的夥伴們，不堪的客死異鄉，讓寶爺精神上承受的悲痛幾乎達到極限。

然而，比起精神上的折磨，糧食的缺乏是更現實與殘酷的問題，當年，法軍將他們軟禁在富國島後，發給他們每人一張布製糧票，每天靠著那一張糧票才能分到一些勉強能墊肚的糧食，不餓死就已萬幸，填飽肚子根本是奢求。

在那彷彿地獄般的一千四百多個日子裡中，寶爺緊緊保護著那小小一方糧票，他告訴自己，有糧票就有糧食，有糧食他就能活下。在往後的生命裡，糧票成了寶爺片刻不離身的「平安符」，就連他生病住院時，也都要緊緊抓在手中。

握著糧票，寶爺就能產生信心與勇氣，他就能告訴自己：當年那最刻苦的日子都撐過來了，還有什麼苦是撐不過的？

那一張糧票，成了寶爺「生命之中難以承受之輕」。

樂觀開朗的寶爺是家人心目中最珍貴的寶貝。

怕他殺我全家，所以嫁給他！

寶爺從一個快樂的富家子弟，到成了為求生存而殺戮的軍人，富國島的四年歲月，讓他彷彿已經死過一場。大起大落的經歷，讓他看透一切，認為人生可以快樂、自由的活下去才是最重要的。

所以，被政府接回台灣之後，他不再戀棧軍隊所提供的穩定福利與待遇，很快就辦理退役，並跑去報考林務局巡山人員，隨即分發到宜蘭縣，在美麗山林間從事造林、護林等工作。

寶爺到宜蘭工作不久，緣份也悄悄來臨。透過媒人介紹，寶爺到寶媽家中去作客，當時，年方十八歲的小姑娘，對於這個自己將來要跟隨一輩子的人，只感到恐懼，嚇得躲在廚房裡，彎著腰不斷往客廳偷瞧，被喊著端茶水給寶爺時，更是害怕得頭也不敢抬，雙手忍不住直發抖。

不過，寶爺卻一眼就喜歡上眼前清純而「害羞」的姑娘，寶媽的家人也很喜歡寶爺，雙方很快又約到餐廳吃飯，寶爺當下就拿出三百二十元作為聘金，將這門親事給訂了下來。

寶爺的果決，卻嚇壞寶媽，訂婚後，她打算逃跑，都已經跑到火車站了，卻因前一晚下大雨，市區積水嚴重，鐵道全遭淹沒，所以火車暫停行駛。寶媽一個人坐在候車室，卻越想越害怕，擔心自己當了落跑新娘，那個曾經在戰場上殺過人的外省老兵要是發起怒來，將全家人都殺了，那可怎麼辦？就這樣，天真又單純的寶媽為了「保護家人」，放棄逃跑的念頭，乖乖回家和寶爺結了婚。

婚後的日子，寶媽慢慢發現寶爺不但一點都不可怕，還是個顧家、疼小孩的好老公。不過，新婚的日子卻充滿貧窮的記憶，那時候，寶爺在蘭陽溪畔自己動手搭建了棟石頭屋，寶媽帶著六件衣服嫁了過去，整個屋子裡所有的家當只有：二個碗、四個盤子。

每到天氣轉冷的時候，溫暖的石頭屋常闖進迷路大蛇，讓抱著小孩正在餵奶的寶媽常常驚嚇到尖叫連連，寶爺一聽到尖叫聲，就知道又有「外快」可以賺了，迅速進屋抓蛇，再笑呵呵將蛇拿去賣了。寶爺樂天的模樣，總是讓寶媽又好氣又好笑。

長江與鎮江

寶爺與寶媽育有一男三女，四位孩子全成了寶爺的掌心寶。不過，疼愛孩子的寶爺有一天卻跟女兒開了個讓人哭笑不得的玩笑。

寶爺最小的女兒取名「鎮江」，希望透過這個名字提醒孩子們老家在鎮江，他總開玩笑的對女兒說：「我擔心有一天反攻大陸了，你卻找不到回家的路，所以把故鄉直接填進妳的姓名欄，妳一定不會忘記。」

當時，老三原名「美東」，小學四年級那年，有一天父女倆在聊天，美東向寶爺說，很多同學家的姊妹名字裡都有一個字相同，感覺很棒。想不到，寶爺隔天就跑到戶政所去幫美東改了名，取名「長江」。

中國地理上，鎮江是長江下游相當重要的城市，而且「鎮江」、「長江」都有「江」，姊姊是長江，妹妹是鎮江，透過地理上的關係，也彰顯出姊妹關係。對於這個「奇想」，寶爺可是得意了老半天，但美東一回家，聽到自己從「石美東」變成了「石長江」這個不男不女，地理課本上卻一天到晚都讀到的怪名字時，卻一點都高興不起來，但好歹是父親的一番心意，也只能摸摸鼻子接受了。

天堂，我來了！

寶爺的一生，雖曾經歷可怕而殘酷的戰爭，但走過地獄一回，卻從未將他天性中那份單純與爽朗的個性給磨滅，愛唱歌的他，活潑又好動，喜歡四處交朋友，偶爾和朋友喝了點小酒，回家路上，就見他紅通通一個臉，開心的一邊騎著腳踏車，一邊吹口哨，哼哼唱唱好不逍遙。

知道寶爺外向的個性，所以兒子與媳婦看見弘道老人福利基金會，將舉辦機車環島後，就幫他報了名，寶爺聽到可以和一群老夥伴們騎機車環島，當然是樂不可支，高舉雙手贊成。

活動前半年，基金會在台中舉辦集訓活動，寶爺從沒缺席過，雖然住得遠，但他每次都搭半夜出發的火車，清晨抵達台中後，還是精神奕奕的跟著進行各種活動，集訓結束後，又馬不停蹄的搭車回家，半點不喊累。

環島過程中，寶爺也曾不小心摔了車，但他馬上爬了起來，拍拍身上的灰塵，直說沒問題，他總說：「我要帶著不輸年輕人的衝勁，實現環島夢！」偶爾騎車騎到想睡覺時，他就開始唱歌，有時候甚至大聲唱起軍歌，鼓舞身邊的夥伴們，他的熱情與開懷笑聲也總是感染了其他不老騎士們，將他們的瞌睡蟲全都趕跑。

不老騎士們抵達宜蘭縣時，寶爺也在那一天擔任「不老大使」，領著不老騎士團進入市區，神氣又風光。那一年的環島旅程，也成為寶爺生命中，最後一段美好回憶。

寶爺在二〇〇八年六月，騎機車出門時，遭到一群亂竄野狗絆倒，受了重傷，幾經各大醫院治療，最後仍於於二〇一〇年六月二十二日辭世，享年八十二歲，結束了他精彩而動人的一生。

然而，他鮮明的身影、開懷大笑的容顏，卻已深深烙印在每一個深愛他的人心上。

第十三天（二〇〇七／十一／二十五）

追夢軌跡 苗栗三義「福田瓦舍」→台中豐原「台中縣議會」→台中市「健康公園」。

追夢里程數 六十二公里。（累計公里數：一一七八公里）

半年前，他們都還是一群走過你我身邊，我們不會多注意一眼的平凡老人；他們深受老化之苦、疾病纏身，然而，八十多歲的身體裡，住著十八歲的靈魂。就在今天，他們完成了一個你我從來不敢想像的偉大夢想！

迎接環台達陣之日這天到來，不老騎士們全都起了個大早，大家不約而同拿著抹布細心幫摩托車擦拭、清潔，要「亮晶晶的凱旋而歸」；阿桐伯也將太太的照片綁緊一點，要和她一起光榮的迎接夢想達陣。

夾雜在喜悅之間的，還多了份依依不捨，映美奶奶說：「唉唷，我要回到平常的生活啦，真是捨不得！」秀昇爺爺也一邊擦車子一邊喃喃唸著：「沒有啦，明天開始就沒有啦，我真想要一直環島下去！」

清晨七點半，不老騎士們再度啟程，只要再六十二公里，環島拼圖即將圓滿。溫暖的冬陽照耀在不老騎士歷經歲月風霜的臉龐上，映照出一雙雙充滿力量的澄澈雙眼，勇敢追夢的身影最是動人。

三個小時後，車隊緩緩抵達台中市健康公園，首先迎接不老騎士的是大陣仗媒體攝影，緊接在後的是弘道志工、熱情民眾與騎士家人們組成的歡迎隊伍。

不老騎士們成了凱旋歸來的大英雄，他們登上舞台，和台中市副市長蕭家旗、弘道老人福利基金會董事長王乃弘，及弘道志工協會理事長郭東曜，一起在大型台灣拼圖放上最後一片台中市圖塊，宣告不老騎士完成摩托車環台歷史創舉！

隨後，不老騎士們大搖香檳慶祝圓夢成功，台下歡呼聲、掌聲接連不斷，家人們紛紛送上大把花束祝賀；獨居的康建華爺爺，原以為沒有人會到場和他分享喜樂，想不到乾女兒早已抱著一大束鮮花，等在現場迎接他，讓他感動的紅了眼。

彷彿完成二度蜜月旅行的弘道爺爺與映美奶奶更在媒體要求下，當眾來個愛之吻。

而全隊最年長的朱妙貴爺爺，也即將在翌日歡度九十歲大壽，基金會特別準備大蛋糕為他慶生，而他遠在宜蘭縣從軍的孫子也特別請假，趕到現場為他慶生並與他一起迎接環島大成功。

朱妙貴爺爺開心的說：「三十年前本來有機會環島，想不到出發第一天就因為孫子發燒感冒而中斷旅程，這個夢想雖然擱置了四十年才完成，但越陳越香，此刻圓夢的滋味格外甜美！」

分享圓夢心情，孫相春爺爺說，這是他一生中最精采的旅程；譚德玉爺爺則說，年輕人有夢，老人也應該有夢；王克嶺爺爺也驕傲的說，我們也可以圓夢，只是速度慢一點而已！

回顧十三天旅程，每天早上出發前，隨隊護士陳秋玲會幫不老騎士量血壓，確定健康狀況，她笑說，不老騎士一開始最怕看到她，擔心在量血壓與觀察後，就只能乖乖坐遊覽車同行，不能騎摩托車；此外，亞洲大學的學生志工也會天天叮嚀有慢性病在身的騎士們要按時服藥。

平均時速四十公里的車隊，每前進十公里就必須停下來「搖一搖」，讓老人家做做伸展操，舒活已快僵化的筋骨，中午用餐過後，還必須讓不老騎士睡上至少四十分鐘的午覺，以防下午精神不濟。圓夢過程中，騎士們也會彼此按摩、加油打氣，甚至像年輕小夥子般互開玩笑，舒緩疲憊身心。

在大家的相互扶持、照顧與努力之下，這支總年齡超過一千三百歲的環島摩托車隊，以行動向世人證明：「我不老，我依然擁有圓夢的權利和行動力！」

乾女兒迎接建華爺爺完成環台夢

孫子迎接妙貴爺爺完成摩托車環台夢

黃財爺爺的太太喜迎老公達陣

太太與家人迎接中天爺爺夢想達陣

歷經十三天，不老騎士成功達陣一圓摩托車環台夢。

八十九歲，其實也沒有太老！

——朱妙貴爺爺　生於民國八年

我是朱妙貴，今年已經九十四歲了。你有想過當你八十九歲的時候，會是什麼樣子嗎？我想，多數人應該都不會想到自己在八十九歲的時候，竟然還能像個小伙子般瘋狂追夢吧！那一年，我鼓起勇氣跟著一群「小夥子」騎摩托車環島去，一圓在我心中擱置了數十年的夢想。

賣身換白米

我出生在廣東省五華縣的農村，家裡實在太窮、農地小到養不活全家人，所以我十歲就跑去跟村裡一個師傅學剃髮；十三歲那年，我帶著一把剃刀及簡單的行囊，開始流浪於東南各省份之間，成了流浪剃頭師，足跡一路從廣東省到福建省，再到江西省。

轉眼間，我流浪了七個年頭，但隨著對日抗戰越演越烈，局勢越來越不穩定，人們保命護財都來不及了，也沒啥心思再去照顧那頂上風光，我的工作也越來越難找。

民國二十八年九月，中日在湖南長沙爆發第一次大會戰，國民政府強行徵兵，一省之隔的江西省被要求每戶人家要提供一名男丁出征，許多富貴人家哪肯將子弟送上戰場，所以就出現許多「賣壯丁」的交易，我當時身強體壯，心想剃頭也賺不到錢，乾脆把自己賣了，還能換得一些白米送回老家去，最後以五十石白米的代價，替一戶有錢人家的子弟從軍去。

加入國軍之後，很快被派往長沙，民國三十年九月，中日雙方爆發第二次長沙會戰，日軍採取突擊包圍方式進攻，但遭到國軍激烈反擊，激戰一個月後，才將日軍打回北方，雙方也再度形成對峙局面。

二次會戰結束後，殘酷、血腥又暴力的戰爭場面讓我震驚之餘，也格外鬧起思鄉病，所以找了個機會，溜出部隊，偷偷跑回廣東老家，原本以為家裡的親人們一定開心的吃著我賣身換來的白米，但回家之後才發現，當時說好的五十石白米根本不見蹤影。

在那個戰亂的時局裡，我慢慢發現加入軍隊其實是比較好的選擇，但與其白白加入軍隊，我寧願再次「賣壯丁」，如此一來，自己在軍隊裡不愁吃穿，家人們也能暫時過過好日子。

主意打定之後，我前往當時徵兵令最多的江西、福建一帶，果然順利再次把自己賣掉！但這次我學聰明了，要求先拿到白米，並將白米送回老家才肯當兵；「買丁」的有錢人家答應了，派了個夥計跟隨我送米回鄉，當時，我推著五十石白米，走了七天七夜才終於回到老家，看見家人們開心、滿足的神情後，我也終於能放心的依約從軍去。

一把剃刀闖寶島

台灣很多外省老兵都是民國三十八年跟隨蔣中正一起撤退來台，但我早在民國三十六年就來台灣了，當時原本的任務是要協助處理二二八事件。

二二八事件發生後，台灣省警備總司令陳儀在軍中招募新血，打算招募一批新警總人員到台灣協助二二八事件後的治安。那時候大家口耳相傳：到台灣當警總情報人員，薪水更多、福利更好。隊上許多同袍都搶著報名，我也跟著大家一起報名，隨即搭船抵達高雄港，原本已經要搭火車北上報到了，我卻臨時改變主意，悄悄脫離隊伍。

當年八十九歲的妙貴爺爺是全隊最資深的追夢騎士。

從小流浪慣了，我實在忍受不了沒有自由的軍警生活，加上旅程中，一個朋友告訴我，進入警總領的還是死薪水，我有理髮的一技之長，只要好好打拚，一定可以賺更多錢。幾經思考之後，我決定留在高雄這個陌生的港都裡，重操舊業。

台灣光復後，很長一段時間，男性上理髮院的次數與比例都遠高於女性，尤其很多跟隨蔣中正從中國來到台灣的外省官員、公務員、商人等，他們平均一、二星期就要上理髮廳修剪小平頭或梳個漂亮的油頭，順便刮刮鬍子。順著這股社會風潮，我小時候流浪鄉里間累積出來的理髮功夫有了大展身手的機會，也讓我在台灣很快站穩腳步，順利展開新生活，當時一個月賺的錢，確實比去當警總的秘警高出許多。

最初，我在高雄鼓山區找到一間男士專門理髮廳，加我共有五個理髮師。可真不是我「老王賣瓜，自賣自誇」，當時我長的又高又帥，又在那氣派的理髮廳，幫一些出入體面的紳士們理髮，帥氣風采可是迷倒一堆小女生。

當時，我老婆在理髮廳隔壁的餐館工作，迷我迷到被老闆炒魷魚，丟了工作的她，拎著小小的布包行李，不知所措的站在理髮廳門口，不斷朝我張望，店裡的師傅們起鬨說，都是我害人家小姑娘丟了工作，我一定要對人家負起責任。

想來想去，可能真的是緣份到了，既然我也挺喜歡她的，當天就帶著她去租了個套房，然後問他要不要跟著我，她點頭答應，我們當天就結婚了。

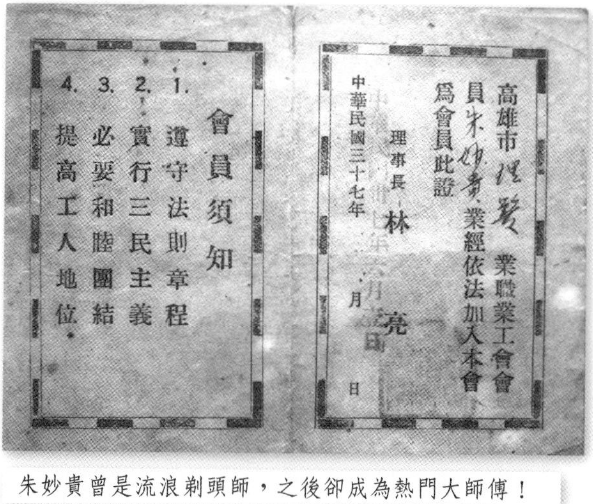

高雄市理髮業職業工會會員朱妙貴業經依法加入本會爲會員此證

理事長 林亮

中華民國三十七年 月 日

會員須知

1. 遵守法則章程
2. 實行三民主義
3. 必要和睦團結
4. 提高工人地位。

朱妙貴曾是流浪剃頭師，之後卻成為熱門大師傅！

婚後幾年，我存了筆小積蓄，帶著妻子北上到當年越來越繁榮的台中市自立門戶，店開了一陣子後，因緣際會認識台灣省立農學院（國立中興大學前身）的校長林一民先生，他賞識我的手藝，找我到學校的福利部去開業。

就這樣，我在農學院的理髮部一開就三十年，伴著學校一路從學院改制、升格為大學，前後歷任七個校長，直到民國七十年間才結束營業。

燙頭髮，燙到尿褲子

我當了大半輩子理髮師，腦中酸甜苦辣的故事可是一籮筐，三天三夜也說不完，但我印象最深刻的是一名來燙頭髮的中年婦人。

早年燙頭髮不像現在那麼方便，上個藥水與髮捲就行，那時候真的是將連結著電線的髮捲直接捲在頭上，一坐就要好幾小時，根本脫不了身，當時，一名婦人好巧不巧，電捲剛上好，尿意就來了，但整顆頭都拉滿電線了，要怎麼去上廁所？她又不好意思開口，只好一直強忍著，忍著到無法再忍，她竟然就直接尿褲子了。

那畫面真是尷尬極了，婦人的膀胱雖然解放了，但她卻要忍受大家的竊笑，還要溼著褲底，繼續坐到頭髮燙好，我當時一邊讓女服務員去幫忙清理地面，一面心想，那婦人應該一輩子不會再踏

進髮廊說要燙頭髮了。

經營理髮店這麼多年，我最怕春節！通常春節前半個月就開始進入大旺季，幾乎每天都是清晨八點一開門，就一刻不得歇的忙到深夜，常剪頭髮剪到半夜十二點都還沒辦法關門，平均一天少說要剪個五、六十顆頭。

後來，實在忙不過來，我開始聘僱理髮師，但老客人們看到這些師傅一個比一個還年輕，反而不信賴他們的手藝，個個進了店裡，還是指名要我剪，結果，形成我每月花大錢請師傅們來店裡看我剪頭髮的奇怪景象，一開始，我都躲在角落裡用報紙遮住自己，之後，我乾脆將店交給師傅們去處理，一個人開始往外溜，釣魚的興趣就是那時候為了躲客人而培養出來的。

燒斷的夢想，再出發！

時代轉變，傳統男士理髮店逐漸沒落，我也開始有更多屬於自己的時間，或許受到十幾歲就開始流浪的往事影響，我很喜歡四處趴趴走，六十歲那年，我和兒子剛好都買了新機車，我們決定利用春節休假期間，騎摩托車環島一圈。

年初一的大清早，我騎著摩托車，兒子則載著兒媳及三歲的孫子，一家四口往北出發，夜間抵達宜蘭縣礁溪時，孫子卻突然高燒不退，那時候醫療環境不像現在這麼方便，又是大年初一，整個小鎮幾乎翻遍了也找不到醫生，我們當下決定掉頭，連夜趕回台中找熟識的醫生緊急幫孫子看診。

環島夢，就這麼擱置了。

沒想到，相隔近三十年，我竟然在報紙上看到弘道老人福利基金要為老人家舉辦摩托車環島活動，當時，媒體報導活動發起人之一的團長賴清炎已經八十七歲，我腦筋一轉：「我也才大他兩歲而已，我當然也可以去！」當下跳上機車，直接衝到基金會辦公室詢問詳情並報名。

晚輩們知道我報名後，立場分成兩派，一派擔心我的身體狀況，不讓我參加；另一派則鼓勵我勇敢走出去。不過，家人吵歸吵，我卻沒把握可以錄取，因為參加健檢時，才發現報名的人很多，而且幾乎都是小我十幾二十歲的「小夥子」，我的身體狀況可能很難和他們相比。

想不到，最後我不但錄取了，竟然還成了全團最「資深」的騎士。為了準備這趟旅行，我不但更勤於爬山、散步，還暫時「封竿」，不再釣魚，因為我擔心釣魚時若不小心感冒了，可能會被取消參加資格。

這趟環島旅行，其實沒有想像中那麼辛苦，因為騎得很慢，經常只騎一會兒就讓我們休息，所以，我一點都不覺得累，反倒是在與其他夥伴們的相處上，一開始還真有點適應不良。

我以前從沒參加過這類團體活動，加上我沒念過書，有點自卑感，一遇到要我講話的時候，我就會覺得很害羞，但有趣的是，我雖然是外省人，但會說一口流利的台語，反而讓我在這一群只會說國語的外省人，與只會說台語的本省人之間，成了串起他們溝通的最佳橋樑，慢慢地，和大家越來越熟悉之後，我覺得自己的心，隨著旅行不斷變得更年輕了。

整趟旅程中，我印象最深刻的是，當我們抵達宜蘭時，當年因為發燒而中斷我環島計劃的孫子如今已經是個英俊挺拔的海軍軍官了，當時，他的部隊剛好在蘇澳港一帶受訓，他特別向軍隊請了假，跑來找我，為我加油打氣。

同一個地方，中斷的夢想，相隔三十年後再一次串起來，我內心真的好感動！環島之行在返抵台中時，我的生日也即將到來，基金會特別為我舉辦簡單又溫馨的九十歲生日慶祝會，孫子也再度現身，開心的對我說：「阿公，還好我沒毀了你的夢想。」

我握著他的手，我想告訴他，孩子，只要有心，追夢永遠不嫌晚！

不老騎士

Go Grandriders

圓夢之後

圓夢・番外篇

二〇〇七年的十一月，不老騎士們以無比的勇氣與決心，在十三天內完成摩托車環台創舉，向世人展現無敵不老精神。

二〇〇八年九月二十七日，弘道老人福利基金會完成「不老騎士紀錄短片」並舉辦首場的首映會，不老騎士在團長的帶領下開始展開了中、南、東、北四場首映會以及百餘場的巡迴分享會，鼓舞老、中、青三代勇敢想夢與追夢。

一千多個日子過去後，環台期間三進三出醫院，無法親自完成環台夢的團長賴清炎說：「我想這是老天爺的意思，要我到九十歲的時候，再組一團平均九十歲的超級不老騎士！」希望再次號召阿公阿嬤們展開勇氣之旅。

無奈病魔纏上賴團長，但他沒被磨去堅強的意志，既然無法再次上路，那他就帶著不老騎士們前進總統府，讓總統親自看看這些老當益壯的夥伴們，希望喚起政府對老人問題的重視。但是，來不及親自踏上總統府，賴清炎爺爺就和大家永遠告別了。

不老騎士們聽聞噩耗，雖然悲傷，但活了八十多歲，爺爺奶奶們對於生死反而看得開，拭去眼眶的淚水，他們打起精神，要化悲傷為行動力，將賴團長的心願，帶進總統府。

二〇一〇年九月九日，曾完成歐兜邁環台壯舉的不老騎士們再度齊聚，這一次，他們要帶著團長賴清炎來不及實現的夢想，前進總統府！

圓夢之日到來，步入總統府的不老騎士們難掩興奮與緊張，在府內人員引導下，進入接待大廳，總統馬英九隨後抵達，輕鬆的與不老騎士們話家常，更對賴團長帶領不老騎士們完成環台壯舉，表達欽佩，同時肯定不老騎士們以行動展現高齡長者的活力與熱情。

三十分鐘的會晤，一下子就結束，但走出接待大廳的不老騎士們全都笑開了，像群追星少年、少女般的興奮討論著：「總統好親切！」、「我跟總統握手了！」還不忘秀出總統贈送的紀念錶，還有爺爺顧不得手腕上已有手錶，硬是要將「熱騰騰」的總統府紀念錶戴上，驕傲與神氣全寫在笑意藏不住的臉上。

與母親賴劉玉雲一起代表賴團長參與這次會面的團長之子賴定國說，代表父親與總統見面，聽見總統允諾將更重視老人福利，並肯定不老騎士們的精神時，相信父親在天上，一定也會露出那讓人懷念的爽朗笑容！

身為團中唯一女騎士，張陳映美奶奶說：「當我們開心的與總統見面時，我卻特別懷念賴團長，認識團長是一件很美好的事，謝謝他帶著我們圓夢，甚至在他已經離世後，還送給了我們面見總統這樣的大禮！」

走出接見大廳，不老騎士們在總統府大廳留下合照！照片，將見證他們的不老精神，有一天，當故事過了很久很久，大家依然還是會記得，有這麼一群熱情、勇敢的不老英雄們，在二〇一〇年九月九日這一天，前進總統府，留下久久、永不衰退的不老精神！

賴清炎未能完成的夢想，夥伴們替他做到了。

賴團長太太兒子代表團長與總統合影

環島・之後

當五年前（二〇〇七年）那場轟轟烈烈的摩托車環島創舉已成為記憶中的一頁美麗，生命持續向前滾動。這些日子以來，我們失去了三位好夥伴，「寶爺」石玉寶爺爺、團長賴清炎爺爺及「阿桐伯」何清桐爺爺相繼因病辭世。其它完成夢想回歸常軌的不老騎士們，他們的日子或許沒有太多的大改變，但他們心卻已經不一樣，對自己更有信心、對生命更有熱誠、對健康更加重視。

張弘道爺爺、張陳映美奶奶學會以更包容的心去面對另一半，積極投入婚姻諮商輔導；王克嶺爺爺持續活躍於弘道老人福利基金會舉辦的各項活動，甚至回到軍隊重溫軍中情；孫相春爺爺依然投入他最喜歡的攝影世界；康建華爺爺除了應基金會之邀，常到各

地分享環島故事外，也依然天天唸佛，並持續以金錢及行動幫助他人；黃財爺爺閒暇之餘發展出來的興趣竟然是摺環保紙盒送親朋好友；深刻領會健康的重要，黃媽存爺爺更是天天運動並注重口腔保健，讓牙齒能幫助他吃進能量，獲得健康；李達基爺爺腳傷舊疾復發，不良於行，但他仍希望有機會再環島。同樣渴望再環島的還有朱妙貴爺爺，他曾和團長賴清炎相約九十歲時再一起去環島，但團長已經離世，他的雙腳也慢慢退化，所以他微調夢想，現在，他希望有一天可以和妻子來趟火車環島之旅。

王中天爺爺在生過一場大病後，對人世間的一切看得更開，他也開始免費教寫書法，回饋社會，甚至藉由書法展開國民外交；同樣喜歡寫書法的吳敬恆爺爺期待有一天可以開書法個展；賴秀昇爺爺則以原子筆在稿紙上一筆一劃寫下一生回憶錄，後來兒子還買了電腦讓他可以手寫存檔，他希望有一天這本自傳可以付印成冊，留給後代子孫一個回憶。

譚德玉爺爺在二〇一〇年完成另一個夢想——登玉山之後，檢查出罹患癌症，勇敢抗癌的他依然積極熱情，更在二〇一二年初完成前往美國大峽谷旅行的夢想。

回歸常軌之中，他們或許依舊平凡，但那一年，他們勇敢寫下的不凡故事卻將一再被流傳……

不老騎士

Go Grandriders

夢想守護者

還記得，小時候跌倒了，阿公那雙大手抱起你，將你攬入懷中疼惜的溫暖嗎？可曾想過，有一天，你也能成為守護阿公阿嬤的天使？甚至，執起他們枯黃的雙手，帶著他們一起找回年輕的活力，勇敢追求夢想？此刻的你，或許會狂點頭，豪不猶豫說：「我願意！」

但事實上，二〇〇七年「不老騎士～歐兜邁環台日記」活動展開前兩個月，基金會卻仍面臨招募不到不老騎士守護天使的窘困，儘管當時只需要九名學生志工！

弘道老人福利基金會林依瑩執行長說：「每次到學校分享弘道服務時，我常請學生寫下對老人的印象為何，回收的紙條中，多數都寫著『固執』、『動作慢』、『有味道』，年輕學子對長者們的刻板印象完全反映在青年志工招募的困窘上，學生們普遍缺乏意願。」

守護者的光榮旅程

燃眉之際，終於獲得亞洲大學社會工作學系系主任李美玲認同活動並大力支持，隨即邀請基金會到系上說明活動用意與安全規劃，完善計劃獲得系上老師們支持，決定在該系舉辦招募志工說明會，歷經波折，終於在活動前一個月招募到該校社工系學生擔任志工，並展開一連串訓練。

「有機會免費環島還不賴！」這是多數學生志工報名的動機，但真正出發之後，他們才發現「天下真的沒有白吃的午餐！」

追夢需要勇氣，更需要天使來守護。

志工們每天一早起床，就要關心不老騎士們前一晚睡得好不好？身體有沒有哪裡不舒服？還要追著爺爺們吃藥；路途上，可沒時間欣賞美麗風景，而是要隨時盯著不老騎士們的騎乘情形及交通安全，一發現有騎士「疑似」出現昏睡癥狀，可得立即上前「說學逗唱」一樣樣來，非得要將騎士們「吵醒」不可；晚上抵達休憩點，可也別想著早早躺上床，不但要協助不老騎士們入房休息，還要召開檢討會以及隔天行車安全會議……等。

守護夢想的過程，可將這群活力十足的大孩子們也累壞，每天午休的空檔，總會看見志工們坐著睡、隨地睡，形象不重要，趕緊補充體力與精神最重要。

面對一連串的任務，志工們沒有退縮喊累，反而在這過程中看見不老騎士克服老化障礙的圓夢毅力，讓他們更不敢懈怠，環島旅行後，對他們而言，歷經的不再只是一趟免費環島之旅，而是一段守護夢想的光榮旅程！

環台之路，開啓長者新未來

除了學生志工外，最重要的志工角色之一就是「隨行護士」。尋找「女主角」的過程彷彿大海撈針，想不到最後竟讓基金會撈到一支「金針」！

當時，原本在澳洲攻讀老年醫學碩士班的陳秋玲剛好學成回國，正在尋找可以服務的銀髮團體，在友人介紹下，毫不猶豫的加入不老騎士志工行列。

「一開始不老騎士們最怕我！因為很擔心我量血壓或問完身體狀況後，會『宣判』他們不能繼續騎，那可真是他們的最大惡夢。」，回想起那一段相處時光，陳秋玲滿臉笑意，「真的是很可愛的一群老人家。」

陳秋玲說，如果是我的爺爺奶奶，我一定會反對他們參加，畢竟老人的社會形象普遍是消極負面的。但透過弘道老人福利基金會發起的不老騎士活動，除了改變社會觀感之外，對老人家而言更是一大鼓舞，讓許多老人家們了解，他們依然有追求夢想、享受人生的權利，最重要的是，追夢之路，不再孤單。

活動中，擔任前導車駕駛的弘道太平志工站站長賴泳安說，其實當初我很反對舉辦這個活動，覺得帶老人騎摩托車環台真的是太危險了，但親自參與後，卻徹底改變我的想法，讓我學會用不設限的眼光去看待老人家，因為，他們能做的，真的超乎我們想像。

活動開始之初就陪同場勘環台路程的弘道北屯志工站站長林淵源與太太陳麗娟，在環台過程中擔任總務志工，他們興奮的說，不老騎士證明了「只要活著就有價值」，只要有勇氣，不管年紀多大都可以做自己想做的事！

事實上，志工們是環台之旅的幕後大功臣，因為，他們的熱情與活力，溫暖不老騎士的心，鼓舞他們追夢的勇氣。感謝這群志工夥伴們，有你們真好！

不老騎士 Go Grandriders

夢想攝手
紀錄片團隊

文／弘道老人福利基金會

「我明天要出發拍一群老人摩托車環台的紀錄片，你可不可以來幫忙開車兼攝助、兼收音啊？」二〇〇七年，出發前一天導演還急得像熱鍋上的螞蟻，急著尋覓紀錄片團隊成員。這趟紀錄片旅程，不是十三天，而是五年；不是只有十五分鐘基金會自行推廣的短片，而是長達九十分鐘搬上戲院大螢幕的電影！

「不老騎士～歐兜邁環台日記」電影的起點

「只有留下影像，才能將老人不放棄自己，勇敢逐夢改變老世界的歷程與精神記錄下來，繼續發揮影響力！所以在籌備活動時，也開始規劃與尋找合適的導演來拍攝不老騎士紀錄片，還好當初有這個決定！」執行長林依瑩欣喜的說著。

當年還在就讀台藝大研究所的導演華天灝回憶著說：「那時候，我剛好完成電影『練習曲』劇照側拍的工作，覺得環島真得很好玩，所以一聽到有這個機會，就來投稿了！」那一年，二十六歲的導演，用攝影機，意外闖進不老騎士八十一歲的逐夢世界，也意外走進了他們的的人生時光機。

快、快、快——打仗般的紀錄片拍攝過程

導演華天灝在二〇〇七年七月開始不老騎士紀錄片拍攝工作，第一個任務就是拍攝不老騎士集訓。第一個加入紀錄片團隊的張詠喬，因為剛好家住台中，對路況熟，所以在朋友介紹下，請她幫忙開車與兼收音助理，成了紀錄片的重要一員，擔任製片工作。此外，環台十三天拍攝工作所需的一位攝影、兩位攝影助理兼收音兼開車，再加上一位拍攝劇照，也是在朋友介紹或者學弟支援下，正式成軍！

環島雙機拍攝期間最大的困難在，平均八十一歲的不老騎士不是演員，所以當下發生的事情或對話，沒有捕捉到，就是沒有。導演華天灝：「你永遠不知道每一位不老騎士會說什麼？發生什麼事？最保險的方式就是一路跟拍，最困難的關卡是，每天晚上所有工作人員，都會召開隔天的行車動線與安全會議，大約十點結束，我們紀錄片團隊還要開會，討論今天拍攝情形、檢查拍攝畫面與聲音，以及明天行車路線拍攝規劃與人力調度等等，會議結束時往往已經凌晨一、二點，但不老騎士大約四點就會起床，一組人才睡二、三個小時又要跟著起來拍攝，每天就像在打仗一樣！」

如何捕捉不老騎士馳騁公路圓夢的鏡頭，也是一大挑戰。紀錄片團隊採用兩組策略，一組攝影在貨車或廂車上拍攝，而另外一組攝影，則是坐上摩托車上靈活移動與取鏡。製片張詠喬回憶起當初駕駛廂型車，導演整個人半身探出副駕駛座的車窗外拍攝取鏡的情景還是心有餘悸，她說：「導

演希望我的車開得平穩又要儘量靠近不老騎士，但開的是手排、沒有動力方向盤的老舊廂型車，駕馭上已有困難，加上要躲開道路坑洞與避免導演撞上路邊電線桿外，我的右邊後照鏡完全被導演身體擋住，因此必須謹慎拿捏車距，避免影響不老騎士車隊，那段跟車拍攝，讓我直冒汗！」

其中最困難的拍攝路段，非蘇花公路莫屬！

狹小兩線道的蘇花公路，一邊是山壁，一邊是懸崖，懸崖下就是浪濤驚天的太平洋，如何能靈活取鏡又不影響交通安全與不老騎士車隊，導演想到最好的方法就是，倒坐在摩托車後座，雙腿夾緊車身，腰上用一條帶子與摩托車駕駛綁在一起！華天灝導演說：「廂型車、貨車的機動性不好，所以只能用倒坐機車的方式，來拍攝南迴公路與蘇花公路段，拍攝時真的跟不老騎士穿越蘇花公路一樣心情，只能全神關注，沒想到拍攝到一段落，停車時我已經腿軟，更因緊夾車身長時間的關係，腿更已成O字型……」

此外，由於沒有時間場勘，所以還有另一組攝影機先往前開，並一路往後，一旦發現美麗的取鏡點，立即停車架攝影機鏡位，準備等待不老騎士車隊經過，拍攝那壯麗的瞬間。

就在這群年輕小夥子的拍片熱忱下，不老騎士的圓夢歷程，一一入鏡。華天灝回憶有感而發：「如果換成現在有更好的技術、更好的器材來拍攝不老騎士，不會比當初拍得好。因為當初我們只有單純的想，如何能拍好，也因為這樣的單純與團隊裡所有人投入的熱情，才能有現在真實、感人、充滿歡笑與淚水的電影。」

建華爺爺與製片張詠喬。

這些年，不老騎士教會我的事

回想起這趟拍攝以及後製剪接長達五年的旅程，華天灝導演說：「十七位不老騎士，除了給我十七個勇氣滿滿的人生故事外，讓我印象最深刻與收穫最大的就是老人特有的人情味、祖孫之情、夫妻之情與豐厚的人生智慧。每次拍攝時，不老騎士總會把我們當作孫子關心：『吃了沒，放下機器，先吃飽再說。』；此外他們都歷經戰亂與動盪的大時代，所以當相春爺爺笑著對我說：『什麼是最幸福的事，吃飽，就是最重要也最幸福的事啦！』聽起來更是簡單滿足的人生智慧。其中最讓我敬佩的就是團長了，他負責的態度、完成的方式與面對的氣度，真的讓我印象很深，學到很多。」

製片張詠喬也說：「真的很高興認識這一群爺爺奶奶，他們曾經的人生歷練與生活態度我們年輕人無法體會。像阿桐伯不會羨慕別人，年輕時努力打拚，

拍攝團隊總是最早就定位，最晚開完會。

拍攝馳騁公路圓夢時的辛苦畫面

老了就可以做自己想做的事情；德玉爺爺禮數想得很周到，做事很有條理與規劃；中天爺爺人生一半就好的豁達……所以參與不老騎士紀錄片，深深感覺我們應該多跟老人相處，他們教我們的事，真的超乎想像！」

藉由不老騎士紀錄片電影，讓全世界可以看見，只要接觸老人，就會有滿滿的人生智慧，只要相信老人，就會有圓夢奇蹟。

弘道推動不老騎士軌跡

弘道老人福利基金會推動的不老騎士摩托車環島活動，最主目的是「社會教育」，一來改變社會大眾對老人的刻板印象，二來期盼點燃老人的不老夢想。活動結束迄今「不老騎士」成功點燃長者的夢想引擎，甚至引發了老人家的環島風，台灣媒體陸續報導自行車環島、機車環島與火車環島的老人家們，甚至美國記者還遠渡重洋到台灣採訪不老騎士，並傳達了各國重機車友將不老騎士視為「不老偶像」，並期許效法不老精神的訊息。不老騎士的不老精神，將持續從台灣出發，帶動世界不老浪潮。

民國九十六年（西元二〇〇七年）：

帶領十七位平均八十一歲的不老騎士完成摩托車環島創舉。十七位老人當中，二位曾罹患癌症、四位需要戴助聽器、五位有高血壓、八位有心臟疾病、每一位都有關節退化的毛病。然而，他們卻夢想征服福爾摩沙，在八十多歲的秋天，再次感受這片共生了一輩子的土地，激起前所未見的不老浪花。

民國九十七年（西元二〇〇八年）：

完成忠實紀錄這不老創舉、勇敢圓夢的「不老騎士」紀錄短片，展開全國百餘場的巡迴放映分享會，不老旋風席捲老中青三代。

民國九十八年（西元二〇〇九年）：

不老騎士紀錄短片，一月前往中國大陸北京、八月前往日本東京、大阪進行跨國巡迴放映分享會，七月到九月更於華航國際班機上放映。不老精神，從台灣出發感動全世界。

民國九十九年（西元二〇一〇年）：

五月舉辦兩場「不老騎士放映分享會」，邀請到具有影響力人士，一同見證不老騎士創舉所帶來的不老震撼與感動，期許持續改變高齡社會。

九月九日，榮獲馬英九總統接見，前往總統府接受表揚與肯定。

民國一百年（西元二〇一一年）：

二月，大眾銀行推出改編自「不老騎士」真實故事的「夢騎士」廣告，激勵國內外數百萬人。

八月，加拿大台灣文化節邀約放映「不老騎士紀錄短片」，改變外國人對台灣刻板印象。

十月，美國雜誌記者跨海來台採訪不老騎士，要將台灣不老精神傳達給美國人。

民國一百零一年（西元二〇一二年）：

九月，出版不老騎士書籍與繪本，讓世人看見不老騎士的人生智慧，也看見台灣百年來的演變縮影。

十月，「不老騎士-歐兜邁環台日記」九十分鐘完整版電影上映，並入圍釜山影展「超廣角」單元正式競賽片(書籍出版時尚未公布得獎名單)，不老騎士電影長片上映，擴大不老影響力。

高寶書版集團
gobooks.com.tw

NW132
不老騎士：那些歲月帶不走的夢想與勇氣
作　　者：阮怡瑜
統籌製作：弘道老人福利基金會
編　　輯：段芊卉
校　　對：蘇芳毓
美　　編：果實文化設計工作室
出　　版：英屬維京群島商高寶國際有限公司台灣分公司
Global Group Holdings, Ltd.
地　　址：台北市內湖區洲子街88號3樓
網　　址：gobooks.com.tw
電　　話：(02) 27992788
E-mail　：readers@gobooks.com.tw（讀者服務部）
pr@gobooks.com.tw（公關諮詢部）
電　　傳：出版部　(02) 27990909　行銷部　(02) 27993088
郵政劃撥：19394552
戶　　名：英屬維京群島商高寶國際有限公司台灣分公司
發　　行：希代多媒體書版股份有限公司/Printed in Taiwan
初版日期：2012年10月

國家圖書館出版品預行編目(CIP)資料

不老騎士：那些歲月帶不走的夢想與勇氣 / 阮怡瑜作.弘道老人福利基金會統籌製作 -- 初版. -- 臺北市 ： 高寶國際出版：希代多媒體發行, 2012.10面；公分. -- (新視野；NW132)ISBN 978-986-185-751-0(平裝)
855　　101016374